小故事大智慧丛书

小故事中的成功智慧

覃卓颖 ◆ 编著

吉林人民出版社

图书在版编目(CIP)数据

小故事中的成功智慧 / 覃卓颖编著. –– 长春：吉
林人民出版社，2012.7
（小故事大智慧丛书）
ISBN 978–7–206–09158–2

Ⅰ.①小… Ⅱ.①覃… Ⅲ.①故事—作品集—世界
Ⅳ.①I14

中国版本图书馆 CIP 数据核字(2012)第 160171 号

小故事中的成功智慧

XIAO GUSHI ZHONG DE CHENGGONG ZHIHUI

编　　著：覃卓颖
责任编辑：孙浩瀚　　　　　　　封面设计：七　洱
吉林人民出版社出版 发行（长春市人民大街7548号　邮政编码:130022）
印　　刷：永清县晔盛亚胶印有限公司
开　　本：670mm×950mm　　1/16
印　　张：12　　　　　　　字　　数：90千字
标准书号：ISBN 978-7-206-09158-2
版　　次：2012年7月第1版　　　印　　次：2023年6月第3次印刷
定　　价：38.00元

如发现印装质量问题，影响阅读，请与出版社联系调换。

目录 CONTENTS

目录 CONTENTS

目录
CONTENTS

目录 CONTENTS

承袭故事与寓言中的智慧衣钵

　　许多年以前，重量级拳王吉姆在例行训练途中看见一个渔夫正将鱼一条条地往上拉，但吉姆注意到，那渔夫总是将大鱼放回去，只留下小鱼。吉姆就好奇地问那个渔夫其中的原因。渔夫答道："老天，我真不愿意这样做，但我实在别无选择，因为我只有一口小锅。"

　　亲爱的读者，你有没有想到，这个故事也许是在讲你呢！如果你不相信自己，就只能画地自限，将无限的潜能化为有限的成就。不管你是否留意过，小故事、小寓言总是这样让我们有所感悟，并悄悄地改变我们的态度和想法，改变我们的行为，甚至改变我们的人生。充满智慧的故事与寓言永远是我们人生的引领者。

　　古人是最懂得将智慧的灵光埋藏在故事里的了，他们用简短而动人的故事和寓言抓住人心，让人们自己去发掘其中的金矿，领悟人生的智慧。这种形式流传千年，今天，我们仍可以从《伊索寓言》中看见智慧的闪光，拉封丹智慧的声音也依然萦绕耳边。在这些不断被发现、创新的宝藏中，我们的精神得

到了滋养，我们的心灵得到了净化。哲学家、思想家及诗人长久以来都视智慧为人类生存的工具，智慧的含义不但包括了我们今日所说的审慎，而且还意味着对自我与世界成熟、理智的认知能力。

通过阅读一篇隽永的故事或寓言，能够使读者有所感悟，锻炼一种生存能力，是我们编辑这套"小故事大智慧系列"的主旨。"小故事大智慧系列"中的每一则小故事都发人自省、启人深思。不但有助于我们处理日常生活中偶发的困难情况，而且许多故事和寓言具有的伟大的智慧理念，将帮助我们进一步了解自我及人类的本质，由此领悟更多的人生哲理。许多故事已经过数百年的世代传承，历经时间的锤炼也沉淀了时代的智慧。在每一则故事或寓言中，我们附以精彩的格言，这些都是最贴切的提示，有画龙点睛之妙。"披沙拣金"部分的解读至情至理、丝丝入扣，是对故事或寓言的完美诠释。

本书不但可以作为父母教育孩子的蓝本，使孩子在开始他们的人生之前，就能够了解随之而来的欢喜、挑战与责任，而且更适合每一个成年人阅读，成年人可以在重复阅读这些故事时提醒自己并纠正自身行为的偏差。我们真诚地希望这套系列丛书能给大家带去欢乐与启迪，希望这些美妙的故事能帮助每一个阅读本书的人了解智慧对生命的价值，获取前行的动力并因此感到满足。

让我们走进"小故事"，去寻找智慧的金块吧！我们始终铭记着：用智慧武装的人生，才是胜利者的人生！

两匹马拉着的卡迪拉克

我们不知道自己不知道的事。

——阿尔凯西拉欧斯

　　多年前在俄克拉荷马州的土地上发现了石油，该地的所有权属于一位年老的印第安人。这位老印第安人大半生都处于贫穷之中，石油使他顿时变成了有钱人。于是他买下一辆卡迪拉克豪华旅行车，一顶林肯式的礼帽，结了蝴蝶领带，手指间夹着一根黑色大雪茄，这就是他出门时的装备。每天他都开车到附近的小俄克拉荷马城。他想见到每一个人，也希望被每个人看到。他是一个友善的老人，当他经过城镇时，会把车一下子开到左边，再一下子开到右边，以便跟他所遇见的每个人说话。有趣的是，他从未撞过人，更从未碰伤人。理由很简单，在那辆大汽车正前方，有两匹马拉着。

披沙拣金

　　当地的技师说那辆汽车一点毛病也没有，但这位老印第安

人永远学不会插入钥匙去开动引擎。如果汽车内部有100匹马力，那么现在许多人都误以为那辆汽车只有两匹马的能量而已。

人的潜能犹如一座待开发的金矿，蕴藏量无穷，价值无比，事实上我们每个人都拥有一座潜能金矿。

大自然赐给每个人巨大的潜能，但由于没有进行各种智力训练，每个人的潜能似乎尚未得到淋漓尽致的发挥。大多数人命里注定不能成为爱因斯坦式的人物，但可以说，任何一个平凡的人都可能成就一番惊天动地的伟业。人人都是天才，至少天才身上的特质都可以在普通人身上找到萌芽。

世上每个人都是不同的个体，每个人身上都蕴藏着一份特殊的才能，那份才能犹如一位熟睡的巨人，等着我们去唤醒它，而这个巨人就是潜能。上天决不会亏待任何一个人，会给我们每个人无穷无尽的机会去充分发挥特长，只要我们能将潜能发挥得当，我们也能成为爱因斯坦，也能成为爱迪生。无论别人如何评价我们，无论我们年纪有多大，无论我们面前有多大阻力，只要相信自己，相信自己的潜能，就会有所成就。事实上，世界本来属于我们，只要抹去身上的浮灰，无限的潜能就会像原子反应堆里的原子那样充分发挥出来，我们就一定会有所作为，创造奇迹！

拯救军舰的水兵

事实上，我们绝大多数人都有可能比现实中的自己更伟大。

——马斯洛

在二战期间，一艘美国驱逐舰停泊在某国的港湾，那天晚上万里无云，明月高照。一名士兵按例巡视全舰时，突然惊呆了。他看到一个乌黑的大东西在不远处的水面上浮动着。他吃惊地发现那是一枚触发式水雷，可能是从某处雷区脱离出来的，正随着退去的潮水慢慢向着舰身漂来。

士兵抓起舰内通讯电话机，通知了值日官，值日官马上快步跑来，并很快通知了舰长，同时发出全舰戒备讯号，军舰上充满了紧张的气氛。

官兵们愕然地注视着那枚慢慢漂近的水雷，大家都清楚地知道，灾难即将来临。

军官们立即提出各种办法。立即起锚？不行，没有足够的时间。发动引擎使水雷漂离开吗？不行，因为螺旋桨转动只会

使水雷更快地漂向舰身。用枪炮引爆水雷？也不行，因为那枚水雷已经接近舰里的弹药库了。该怎么办？放下一支小艇，用一根长竿把水雷弄走？这也不行，因为那是一枚触发式水雷，根本没有时间去拆下水雷的雷管。悲剧似乎不可避免了。

突然，一名水兵想出了一个绝妙的主意。"把消防水管拿过来。"他大喊着。大家立即明白了，这个办法棒极了。他们向舰和水雷之间的海面喷水，制造出一条水带，把水雷冲向远方，然后用炮引爆了水雷。

披沙拣金

这位水兵出手不凡，尽管他只是个凡人。他具有在危机下冷静而正确思考的能力。每个人的身体内部都有这种天赋与能力，也就是说，每一个人都有创造的潜能。

不论什么样的困难或危机影响你，只要你认为你行，你就能够找到解决之道。只要对自身的能力抱着肯定的想法，就能发挥出积极心智的力量，并且因而产生有效的行动。

大地主与三个仆人

不加训练、培养的天赋能力，就像不结果的树木一样。

——阿里斯蒂普斯

一位大地主把他的财产托付给三个仆人保管和运用。他给了第一个仆人5两黄金，第二个仆人2两黄金，第三个仆人1两黄金。地主告诉他们善用各人的钱。

第一个仆人利用这笔钱多方投资；第二个仆人买下一些原料，制造成品出售；第三个仆人却把他的黄金埋在树丛下。

一年过去了，第一个仆人的财富增加了一倍，第二个仆人的财富也成倍增加，地主很欣慰。他转头询问第三个仆人："你的黄金是怎么用的？"这名仆人说："我唯恐使用不当，所以埋藏起来，在这儿，我把它原封不动地交还给你了。"

地主大怒："你这个愚才，白费了我的功夫，竟不会使用我给你的礼物！"

披沙拣金

现代科学研究表明，人脑至少有90％至95％的潜能没有挖掘出来，人类运用的只是极少的一部分，所以不存在内存已满的问题。而一个人如果能够挖掘自己的才能，那么他在社会上的成功几率就大得多，虽然他不可能将潜能尽数释放。

埋葬才能就是浪费才能。不论天赋高低，善用才能者必有佳绩。

这就跟烧火一样，如果你能把木柴搭架得合理些，让他们充分燃烧，释放出来的热量也许会多些，饭菜也熟得快些；反之，若不能充分燃烧，部分木柴就会化为黑烟，浪费了能量。

因此，我们必须充分运用头脑去思考问题、解决问题，只有在实际操作中，人的潜能才会被发掘、利用，这正如按弹簧，用力越大，弹得越高——当然，要掌握正确的方法，否则用力过度，弹簧也会损坏的。

你自己就是英雄

一切的成就、一切的财富，都始于一个意念，即自我意识。

——拿破仑·希尔

库柏在密苏里州圣约瑟夫城一个贫民窟长大。他常常拿着一个煤桶，到附近的铁路去拾煤块。有一伙孩子常埋伏在库柏从铁路回家的路上，袭击他，以此取乐。库柏总是生活于或多或少的恐惧和自卑状态中。

有一天，库柏读了荷拉修·阿尔杰著的《罗伯特的奋斗》，他的生活从此改变了。

在这本书里，库柏读到了一个像他那样的少年的奋斗故事。那少年遭遇了巨大的不幸，但是他以非凡的勇气和巨大的精神力量战胜了这些不幸。库柏也希望具有这种勇气和力量。当他读书的时候，他就进入了主人公的角色。整个冬天他都坐在寒冷的厨房里阅读勇敢和成功的故事，不知不觉建立了一种积极的心态。

几个月之后，库柏又到铁路边去捡煤。忽然，他看见三个人影在一个房子的后面飞奔。他最初的想法是转身就跑，但他很快记起了他所钦佩的书中主人公的勇敢精神，于是他把煤桶握得更紧，一直向前大步走去，他感到他现在就是荷拉修书中的一个英雄。

这是一场恶战。三个孩子一起冲向库柏。库柏丢开铁桶，坚强地挥动双臂，进行抵抗，三个恃强凌弱的孩子大吃一惊。库柏的右手猛击到一个孩子的鼻子上，左手猛击这个孩子的胃部，这个孩子招架不住，转身逃跑了，这使库柏感到惊奇。同时，另外两个孩子正对他拳打脚踢。库柏设法推开一个孩子，把另外一个打倒，用膝部猛击他，并发疯似的连击他的胃部和下颚。现在只剩下一个孩子了，他是这几个孩子的领袖。他突然袭击库柏的头部，库柏站稳脚跟，把他拖到一边。两个孩子站着，相互凝视了一会儿。

然后，这个"领袖"一点一点向后退，也跑掉了。库柏拾起一块煤，投向那个退却者。

直到那时库柏才知道他的鼻子在流血，他的全身已变得青一块紫一块了。这是值得的啊！在库柏的一生中，这一天是个重大的日子。

库柏并不比一年前强壮许多，攻击他的人也同以前一样强壮，不同的是库柏的心态改变了。他已经无所畏惧，他进入了一个全新的境界。

披沙拣金

　　这个孩子给他自己定下一种身份。当他在街上痛打那三个恃强凌弱者的时候，他并不是作为担惊受怕的、营养不良的库柏在战斗，而是作为荷拉修书中的人物罗伯特·卡佛代尔那样大胆而勇敢的英雄在战斗。

　　把自己视为一个成功的形象，有助于打破自我怀疑和自我失败的习惯，这种习惯是消极的心态经过若干年逐渐形成的。另一个重要的、能帮助你改变你的世界的成功技巧是，把自己视为会激励你做出正确决定的某一形象。这种形象可以是一条标语、一幅画或者任何别的对你有意义的象征。

拆汽车的克莱斯勒

喷泉的高度不会超过它的源头；一个人的事业也是这样，他的成就不会超过自己的信念。

——林肯

几十年前，一位青年住在美国犹他州的首府盐湖城，靠近大盐湖。

他是一个勤勉的人，工作非常努力，生活非常节俭，他的所有朋友都对他的良好习惯赞不绝口。然而有一天，他做了一件反常的事，使得许多人都对着他摇头，怀疑他的判断是否明智。

他从银行里取出他的全部积蓄，一共有4000多元，到纽约市汽车展销处，买了一部新车。在人们看来，仅此似乎还不足以显示他的"愚蠢"，更有甚者，当他把新车开回家后，就把车开进他的车库里，顶起4个车轮，动手拆卸汽车，一件一件地拆，直到整个车库摆满七零八落的汽车零件。他仔细地检查了每个零件，然后又把汽车装好。人们觉得他简直发疯了，而他却不只是一次，而是多次拆卸汽车，再把汽车装好。大惑不解的人们开始嘲笑他了。

几年后，那些嘲笑过他的人不得不改变看法，并已深信不疑——他有明智的见识。这个反复动手拆装汽车的青年就是沃尔特·珀西·克莱斯勒。他开始制造汽车了，他的产品领导了整个汽车工业，他在汽车这个领域里还做了许多有价值的改进和革新，他成功了。

披沙拣金

每件存在的事物在开始时只是一个想法。

你有许多伟大的想法，你只需要让你头脑中的杂音沉寂下来，让你静静地倾听。

没有人知道，今天的一个伟大想法或主意将走得多远，或者，明天它将触及何人。

发人深省的思想创造发人深省的梦想。

近乎所有成功的故事皆始于一个伟大的想法，这个想法滋养着人的信念。而许多拥有成功故事的人物，面对的是最大的逆境。成功意识戏剧般地把一个极普通的青年推入正在成长的汽车工业浪潮中，并且把他高高地推到浪尖上，使他用新观念领导他的整个领域。克莱斯勒的"疯狂"中蕴含着一种目的，一种方法。他的"确定的目的"有效地培养了他的成功意识，使他大胆开拓，走向成功的巅峰。

再添一把柴

行百里者半九十，此言末路之难也。

——《战国策·秦策》

故事一

一个人写了一首歌，但长期得不到发表，柯亨买了它，并给他加上了一点东西。这种"更多的东西"使柯亨得到一大笔钱。他仅仅加了三个很小的词："Hip，Hip，Hooray!"(嗨!嗨!万岁!)

故事二

1952年7月4日清晨，34岁的费罗伦斯从卡塔林纳岛开始了横渡卡塔林纳海的尝试。那天早晨，雾很大，海水特别凉，她连护送她的船都几乎看不到。途中鲨鱼几次靠近她，被人开枪吓跑。15个小时之后，她又冷又累，就叫人拉她上船，别人告诉她离海岸很近了，让她坚持下去。但她朝海岸方向望去，除了浓雾什么也看不到。15小时55分钟之后，她被拉上船，而此地离加州海岸只有半英里！费罗伦斯后悔万分，她感叹道："说实在的，我不是为自己找借口，如果当时我看见陆地，也许就能坚持下来。"两个月之后，她成功地游过同一海峡。

披沙拣金

有一个商人，当有人问其成功的秘诀时，他只说了一句话：再添一把柴。

你会注意到，这些关于成功的故事都有一个共同的特点：在每个故事中，主人公们都是站在成功与失败的临界点上。如果你站在成功的门槛上而不能越过去，你就该努力加上更多的东西。"更多的东西"并不一定要很多。"嗨！嗨！万岁！"这三个表示欢乐的词就会使原先无人问津的歌曲成为最风行的歌曲。

在现实生活中，我们总是抱怨这个世界为我们提供的机会太少，而一旦机遇来了，抓住了，又抱怨成功太难。尽管我们曾经投入过、拼搏过，但就在成功即将来临的时候，我们却退缩了，放弃了。

其实，有时成功离我们只有一步之遥，关键时刻，也正是再添一把柴的时候。

再添一把柴，99摄氏度的水就能达到沸点！

男孩与大师的二重奏

成功的秘密不是魔术——它只是看起来像魔术。那些认为它是魔术的人，将不会取得成功。

——翁杰克·德兰德

著名的钢琴家及作曲家I·J·帕岱莱夫斯基在美国某大音乐厅的表演即将开始。那是一个值得纪念的夜晚——音乐厅里到处是身着黑色燕尾服、正式晚礼服的名流雅士。观众当中有一位母亲，带着一个烦躁不安的9岁男孩。小孩等得不耐烦，在座位上蠕动不停，母亲希望他在听过大师演奏之后，会对练习钢琴发生兴趣。于是，他不情愿地来了。

在那位母亲转头跟朋友交谈时，小孩再也按捺不住，从母亲身旁溜走，他被刺眼灯光照耀着的舞台上那演奏用的大钢琴和乌木座凳吸引，竟一步步走上了舞台。在台下那些有教养的观众不注意的时候，他瞪大眼睛看着眼前黑白颜色的琴键，把颤抖的小手指放在正确的位置上，开始弹奏名叫《筷子》的曲子。

观众的交谈忽然停止下来，大厅内一片寂静，数百双不悦的眼睛一起看过去，被激怒的观众开始叫嚷：

"把那男孩子弄走!"

"谁把他带进来的?"

"他母亲在哪旦?"

"制止他!"

在后台，钢琴大师听见台前的声音，立即知道发生了什么事。他赶忙抓起外衣，跑到台前，一言不发地站在男孩身后，伸出双手，即兴地弹出配合《筷子》曲调的一些和谐音符。两人同时弹奏时，大师在男孩耳边低声说："继续弹，不要停止。继续弹……不要停上……不要停止。"

披沙拣金

我们也是如此。我们努力工作，其效果就如小孩在大演奏厅中弹奏《筷子》一般。就在我们快要放弃时，忽然大师出现，弯腰低声对我们说："现在继续弹下去，不要停止。"继续……不要停止……不要停止，他为我们即兴演奏，在恰当的时候，奏出恰当的旋律。

这位大师或是你坚定的信念，或是你坚忍不拔的毅力，以及你战胜逆境的热情。总之，这位大师应该是你对成功的不懈追求。

不让别人偷走你的梦

有时候我们的命运像冬日果树。谁会想到哪些枝条会转绿开花，可是我们希望，我们知道它会如此。

——歌德

某个小学的作文课上，老师给小朋友的作文题目是："我的志愿"。

一个小朋友非常喜欢这个题目，他在本子上，飞快地写下了的梦想。

他希望将来自己能拥有一座占地10余公顷的庄园，在辽阔的土地上植满如茵的绿草。庄园中有无数的小木屋、烤肉区，及一座休闲旅馆。除了自己住在那儿外，还可以和前来参观的游客分享自己的生园，供他们憩息玩乐。

作文交给老师后，这位小朋友的簿子上被划了一个大大的红"×"，老师要求他重写。小朋友仔细看了看自己所写的内容，并无错误，便拿着作文去请教老师。

老师告诉他："我要你们写下自己的志愿，而不是这些如梦如痴般的空想，我要实际的志愿，而不是虚无的幻想，你知道吗?"

小朋友据理力争:"可是，老师，这真的是我的志愿啊!"

老师也坚持:"不，那不可能实现，那只是一堆空想，我要你重写。"

小朋友不肯妥协:"我很清楚，这才是我真正想要的，我不愿意改变我的梦想。"

老师摇头:"如果你不重写，我就不能让你及格了，你要想清楚。"

小朋友也跟着摇头，不愿重写，而那篇作文也就得到了大大的一个"E"。

事隔30年之后，这位老师带着一群小学生到一处风景优美的度假胜地旅行，在尽情享受无边的绿草、舒适的住宿，及香味四溢的烤肉之余，他看见一位中年人向他走来，并自称曾是他的学生。

这位中年人告诉他的老师，他正是当年那个作文不及格的小学生，如今，他拥有这片广阔的度假庄园，真的实现了儿时的梦想。

披沙拣金

威尔逊说:"我们因有梦想而伟大，所有的伟人都是梦想家。他们在春天的和风里，或是冬夜的炉火边做梦。有些人让

自己的伟大梦想枯萎而凋谢；但也有人灌溉梦想，保护它们，在颠沛困顿的日子里细心培育梦想，直到有一天得见天日。这些是诚挚地希望自己的梦想能够实现的人。"

我们每个人在儿时都拥有过伟大的梦想。只是不知道在何时被改掉了、被偷走了，或因为我们给予的滋养不足，梦想的种子仍深埋在土里，难以发芽。

就在今天，不管过去你曾将它藏在何处，或被改掉，或被偷走，把梦想找回来，并且确信你的梦想必能成真。

或许在找回梦想的同时，你将遇到一些专业的偷梦人，他们可能是你的朋友、同事、邻居，甚至是你的父母或配偶。他们会在你兴致勃勃地述说你的梦想时，神色郑重地告诉你，那是不可能的；要你脚踏实地，好好做事；不要说的比做的多，先做到再来说也不迟。

只要你本来就是脚踏实地的人，只要你紧紧握住梦想，就不用怕这些人的冷嘲热讽，因为他们无法再次偷走你的梦想。而所有企图偷梦者泼向你的冷水，正足以灌溉你梦想的种子，使之茁壮成长为大树。你应感谢他们给你的冷水，真心地感恩，因为待你梦想成真之后，你将与他们分享。

心爱的东西不见了，可以再去买；钱没有了，可以再赚回来；唯独梦想若是被偷走了，就难以再寻觅回来。除非你愿意，否则没有人可以偷走你的梦想。

牧羊人在海上

认清自己不合实际的梦想，并将它抛弃，把自己的天赋投资于追求实际的目标上。

——魏特利

紧靠着海王神的国土上，一位牧人放牧着他的羊群。

他在海边盖了一间舒适的小茅屋，让羊群在这块丰饶的地方吃草。他幸福地过着他的日子。他不知何为荣华富贵，不曾遇到贫困，像他这样淡泊而愉快的生活，许多国王可能都不曾享受过。

然而，一天天望着大海，看着船只运来了各式各样新鲜的珍贵的东西，码头上堆满了大量不同的货物，仓库里装得满坑满谷，以及货物的主人们的养尊处优——牧人就急切地想去碰碰运气了。他卖掉了他的茅屋和羊群，买进了各种货物，装上一条小船，就出发了。

他的冒险却是短促的！大海变幻无常，小船刚走不远，海上就刮起了可怕的风暴。小船失事了，货物全部沉没了，他自

己好不容易才挣扎着游到了海滩上。

他又重新当起牧人来了,不过有一点不同——他再也不是替自己劳动了,他牧放的羊群是邻居的。这可成了雇工了!然而尽管损失巨大,凭着时间和耐心,一切都会好起来的。他在这上面节省点儿钱,在那上面节省点儿钱,终于再一次养了一群羊,他又跟从前一样是羊群的主人了。

有一天,牧人坐在沙滩上(太阳在他头上照耀,羊群在他旁边吃草),仔细打量着大海。这时候,大海那么平静地躺在那里,一片汪洋上没有一点涟漪,巨大的船只顺利地向码头驶来。

"我的朋友,"他喊道,"显而易见,你还想吞没更多的钱财,然而,如果是我的钱财呢,你就休想了。你找别人去吧,找那些意志还不坚定的人吧,你已经把我搜刮过了。像我这样的傻瓜也许还有的是,可是你一个小钱也甭想再从我这儿骗走了!"

披沙拣金

几年前,"下海"一词曾风靡一时,令无数人怦然心动,它几乎是冒险、发财、成功和更有价值生活的同义词,好多人扑通扑通地跳下海去。时至今日,许多不曾下海的人还在为自己未能抓住机会而惋惜不已,然而"下海"的个中滋味,只有真正见过大海风浪的人才能懂得。

　　的确，大海可能是风平浪静的，也可能是变幻无常的；其中有财富，也有风险；它可能成就你，也可能毁掉你——关键要看你是不是一个能够经受住考验的"水手"。

　　所以，并非每个人都适合"下海"，也并非每个人都会在"下海"后捞到财富。如果你生性平和淡泊，如果你缺乏冒险的准备和能力，如果你对自己现在的工作和生活还感到满意，就不必为了追逐幻想而勉强为之。要知道，如果你是一个牧人，你的财富就不在海上。

一根手指一座桥

人要有一种伟大的欲望，要有能够实现这种欲望的技能和坚忍。

——柏拉图

横跨曼哈顿和布鲁克林之间河流的布鲁克林大桥堪称地地道道的机械工程奇迹。1883 年，富有创造精神的工程师约翰·罗布林，雄心勃勃地意欲着手这座雄伟大桥的设计。然而桥梁专家们却劝他趁早放弃这个天方夜谭般的计划。罗布林的儿子，华盛顿·罗布林，一个很有前途的工程师，确信大桥可以建成。父子俩构想建桥的方案，琢磨着如何克服种种困难和障碍。他们设法说服银行家投资该项目，然后他们怀着无可遏止的激情和无比旺盛的精力，组织工程队，开始建造他们梦想的大桥。

然而大桥开工仅几个月，施工现场就发生了灾难性的事故。约翰·罗布林在事故中不幸身亡，华盛顿的大脑严重受伤，无法讲话也不能走路了。谁都以为这项工程会因此而泡汤，因为只有罗布林父子才知道如何把这座大桥建成。

然而尽管华盛顿·罗布林丧失了活动和说话的能力，他的思维还同以往一样敏锐。一天他躺在病床上，忽然一闪念想出一种能和别人进行交流的密码。他唯一能动的是一根手指，于是他就用那根手指敲击他妻子的手臂，通过这种密码方式由妻子把他的设计意图转达给仍在建桥的工程师们。整整13年，华盛顿就这样用一根手指发号施令，直到雄伟壮观的布鲁克林大桥最终落成。

披沙拣金

强烈的愿望使人施展全部的力量，尽力而为即是自我超越，这比做得好还重要。胜利与失败之间的差距并不似人们想象的那么大，仅仅一念而已。

欲望可以使一个人的力量发挥到极致，也可以逼得一个人献出一切，排除所有障碍，欲望使人全速前进而无后顾之忧。凡是能排除所有障碍的人，常常会屡建奇功。我们所做的每一件事情，都应当充分发挥我们的能力。不论是参加考试、做工作报告或参加运动竞赛，都应当如此。

当我们尽力施展一切时，生活就很踏实。如果没有付出最大的努力，我们就会后悔未曾尽全力，那是很可悲的。

许多人认为自己不是有经验的失败者就是无经验的胜利者。由一个人胜利的方式可看出他个性的大部分，由他失败的

方式却可以看出他个性的全部。然而，制胜的意愿、决心与欲望是无需在有经验的失败者与无经验的胜利者之间做出抉择的。我们可以成为胜利者，获胜的经验越多，就越具备胜利者的特征。

当我们全力以赴时，不管结果如何，我们都是赢了。因为全力以赴所带来的个人满足，使每个人都成为赢家。大部分赛跑者在参加比赛时，都不相信自己会赢，但是每一位跑完全程的人都是胜利者，因为好好做完一件事的真正报酬，就是把它做出来。这是最重要的，你在跟自己竞争。没有一件事比尽力而为更能满足你，也只有这时候你才会发挥最好的能力。尽力而为给你带来一种特殊的权利，一种自我超越的胜利。因为一位世界冠军曾说："尽你最大的努力做这件事，比你做得好还重要。"

神妙的成分

希望是引导人成功的信仰。如果没有了希望，便一事无成。

——海伦·凯勒

一位成功的化妆品制造商在65岁时退休了。此后，每年他的朋友都给他举行生日宴会。每当这个时候，他们都要求他吐露成功的秘诀，但每次他都拒绝了。直到他75岁生日时，他的朋友们半开玩笑、半认真地再一次提出这个要求，他才说道：

"你们这些年真是对我再好不过了，现在我该告诉你们我的成功公式。你们知道，除了别的化妆品制造商所用的公式以外，我还加上了神妙的成分。"

"这种神妙的成分是什么呢？"人们问他。

"我决不向妇女们承诺：我的化妆品会使她美丽，但是，我总是给她们以美好的希望。"

披沙拣金

神妙的成分就是希望!

希望就是一个人怀着一个愿望,盼望能获得所向往的东西,并且相信自己最终能够获得它。一个人对自己所希望的东西能够有意识地做出反应。

人们也会下意识地对内促力产生反应,当环境暗示、自我暗示或自动暗示使他发出下意识的心理力量时,内促力就能引起行动。换句话说,激励的因素可有各种类型和级别的不同。

每种结果都有一定的原因——动机——结果。

诚如这个故事,希望激励这位化妆品制造商去开创自己的事业(商店);希望激励妇女们买他的化妆品;希望也将激励你走向成功。

决心取代绝望

勤勉劳动的人无须绝望，因为所有的事情都有赖于勤勉与劳动完成。

——美那达

有一个人在航行的时候把一颗贵重的珍珠掉进大海里。这人回到岸上，拿了一只桶去舀海水，泼到陆地上。他不知疲倦地干了三天。

第四天，水怪从海里出来问他：

"你干吗舀水？"

那人说：

"因为我掉了一颗珍珠。"

水怪问："你什么时候才罢休？"

那人说：

"舀到海水枯干才罢休。"

于是水怪回到海里，把那颗珍珠拿出来给了这个人。

披沙拣金

你永远无法打败一个永不认输的人。

一个人要把大海舀干，似乎很可笑，但是这种决心的巨大力量是不可小视的。正因如此，水怪低下了头。一个人只要坚持不懈，就可能达到别人无法企及的目标。

对于每个人来说，赢得财富和胜利都是十分困难的事，与其等待、祈求，不如立即付诸行动。在计划获得你的那一份财富时，你不要轻视梦想者，也不要轻易说："这不可能！"在这个世界上，你要赢得更多，就必须做一个伟大的拓荒者，仅仅耽于幻想将一事无成，而向伟大的目标不懈努力的人必会到达光明的顶点。

为什么不把石头搬开

何谓能行，何谓不成，我们的知识都无从明确把握。

——亨利·福特

1865年，美国南北战争结束了。一位叫马维尔的记者去采访林肯，他们之间有这么一段对话。

马维尔：据我所知，上两届总统都曾想过废除黑奴制，《解放黑奴宣言》也早在他们那个时期就已草就，可是他们都没拿起笔签署它。请问总统先生，他们是不是想把这一伟业留给你去成就英名？

林肯：可能有这个意思吧。不过，如果他们知道拿起笔需要的仅是一点勇气，我想他们一定非常懊丧。

马维尔还没来得及问下去，林肯的马车就出发了，因此，他一直都没弄明白林肯的这句话到底是什么意思。

直到1914年，林肯去世很多年了，马维尔才在林肯致朋友的一封信中找到答案。在信里，林肯谈到幼年的一段经历：

"我父亲在西雅图有一处农场，上面有许多石头。正因如

031

此，父亲才以较低价格买下它。有一天，母亲建议把上面的石头搬走。父亲说，如果可以搬走的话，主人就不会卖给我们了，它们是一座座小山头，都与大山连着。

"有一年，父亲去城里买马，母亲带我们在农场劳动。母亲说，让我们把这些碍事的东西搬走，好吗？于是我们开始挖那一块块石头。不长时间，就把它们弄走了，因为它们并不是父亲想象的山头，而是一块块孤零零的石块，只要往下挖一英尺，就可以把它们晃动。"

林肯在信的末尾说，有些事情人们之所以不去做，只是他们认为不可能。而许多不可能，只存在于人的想象之中。

披沙拣金

请记住：什么事都有可能发生。那些连奇迹都不敢相信的人，怎么能获得奇迹呢？

事情发生与否并不完全取决于我们的主观判断，我们认为不可能的事情往往会变为可能，每种事情都有可能发生，我们千万不要给自己设限。

赶　路

有冒险而成功的将领，没有无备而胜利的军队。

——民间格言

有一条小河，清澈见底，欢畅地穿过树丛、村庄。因为这浅浅的浪花，行走的人不得不卷起裤脚，趟河而过。年轻力壮的好心人从山里背来石块，丢在河中，以便行人能踏石通过。倘若修座桥该多好，穷苦的村民盼望着。终于，一个揣着钱袋的人经过此地，村民拦住了他。"行行善，积积德，替我们修座桥吧。"

路人微笑着，轻轻摇了摇头："也许，等我回来时可以。"

披沙拣金

为什么现在不？没有申辩，没有解释，没有反驳，路人依旧微笑着跨河而去。

在不曾达到目的以前，尽可能保存好每一个铜板，尽可能不被眼前的事物牵扯，是成功的必备条件。因为前面的路说不定很长。

只要向前走

伟大的生活目标不是知识，而是行动。

——托·赫胥黎

有一对夫妇在乡间迷了路，他们发现一位老农夫，于是停下车来问："先生，你能否告诉我们，这条路通往何处呢？"老农夫不假思索地说："孩子，如果你朝着正确的方向前进的话，这条路将通往世界上你想要去的任何地方。"(你可能已经在正确的道路上，如果站着不动，你就好像迷路了。)

披沙拣金

请听罗斯福的一段话："有些人对指正他人得失十分拿手，对人生的道理也能讲得头头是道，但仅凭一张嘴行动是没用的。真正的勇者应该是亲身投入人生的战场，即使脸上沾满汗水与灰尘，也会勇敢地奋战下去。遇到挫折或错误时，他会修正自己重新来过，为了达到自己崇高的目标，他会尽最大努力去争取，即使未达到理想，他也不会丧气，因为他知道勇敢尝试后，即使失败，也远胜于畏首畏尾，原地踏步。"

要成功就要采取行动，因为只有行动才会产生结果，要成功就要知道成功的人都采取什么样的行动。

心动不如行动。

目标再伟大。如果不去落实，永远只能是空想，成功在于意念，更在于行动。成功者的口号是：行动、行动、再行动！

向自己偷窃的人

坚信自己和自己的力量，这是件大好事，尤其是建立在牢固的知识和经验基础上的自信。但如果没有这一点，它就有变为高傲自大和无根据地过分自恃的危险。

——伏龙芝

这是一家小小的杂货店，时间是公元1887年，一个年过六旬，外表高贵的绅士来到杂货店购买水仙花。他取出一张20元的纸钞票，等着找钱。店员接过钱后，就放在现金柜中准备找钱。她的手因整理水仙花而弄得湿淋淋的，她注意到纸钞上掉色的墨水滴落到她的手上。

她感到震惊，并且停下来考虑到底怎么办才好。她内心里斗争了一阵，就做了决定。这位顾客是爱曼纽·宁格，一位老朋友、邻居和顾客。他肯定不会给她一张伪钞，所以她就找钱让他离开了。

在当时，20元可不是一个小数目。她就把钱拿到警方鉴定。有一位警察很肯定这并非伪钞，其他的警察则对墨水为什么会被擦掉感到困惑。在好奇心和责任感的驱使下，他们搜查了宁格先生的家，在他的阁楼里发现了印制美元的设备。事实上，他发现了一张正在印制的20元钞票，还发现了宁格先生画的三张肖像画。宁格先生是一位很优秀的艺术家，他的造诣颇深，能用手绘制那些20元钞票。他一笔一画，鬼斧神工地画出这种能蒙过每个人的伪钞画，直到他运气不好，被这位杂货店员的湿手识破而真相败露。

被捕后，他的那三张肖像画的公开拍卖款是16万元。值得讽刺的是，宁格先生用来画一张20元钞票所花的时间，跟画一张价值5000元的肖像画所需的时间几乎是相同的。然而不管怎么说，这位聪明而又有天分的人却是一个小偷。可悲的是，被偷得最厉害的人正是宁格先生本人。如果他能合法地出售他的能力，不仅会变成很有钱的人，而且在这一过程中，也会为他人带来很多喜悦与利益。当他试图去偷窃别人时，最大的失主却是自己。

披沙拣金

任何一个不相信自己，而且未充分发挥自身能力的人，都可以说是向自己偷窃的人。要学会接纳自己，认识真正的自己。

一个有缺点、会改变，但不断成长而且有价值的人，要了解、喜欢自己，认为自己在某方面还不错，并不见得是妄自尊

大，我们应对自己的成就感到自豪，更重要的是要乐于做此时此刻独一无二的自己。我们要了解，人类在体力和心智上虽不是生而平等，却生而具有同等的权利去追寻快乐。我们都应相信自己值得领受生命中最美好的一切。大多数功成名就的人，即使在除了一份梦想之外一无所有的时候，仍然相信自己绝非池中之物。适当的自豪是通往成就与幸福的大门，这份特质也许比其他的任何特质都重要。英文"自豪"(Pride)一词有5个字母，每个字母都有它代表的意义。

P——代表愉快(Pleasure)。感觉自豪会令人愉快，不论这种快乐的心情是由于圆满完成任务或只是单纯地喜爱自己，都会让你享受生命的喜悦。

R——代表尊敬(Respect)。感觉自己是一个高尚正直、值得尊敬的人。这种感觉能引发适度而健康的自豪。

I——代表改善(Improvement)。要记住，没有人是十全十美的，我们必须随时努力完善自己。"自豪"与"傲慢"的区别就在于此。

D——代表尊严(Dignity)。有尊严就表示在内心看重自己。这是深藏心中的自敬自重，不必大声喧嚷。

E——代表努力(Effort)。要对一件事情感到自豪，必须费些心力去做它，有价值的都是不容易得到的。再说，我们不曾花费过多心血的事物，也不值得我们骄傲。自豪是对于自己努力的成果感到愉快。

握在手中的小鸟

自己是自己命运的创造者。

——谢德林

　　在意大利威尼斯城的一座小山上，住着一位天才老人。据说他能回答任何人提出的问题。有两个小孩想愚弄这个老人，他们捕捉了一只小鸟，问老人："小鸟是死的还是活的？"老人回答："孩子，如果我说小鸟是活的，你就会勒紧你的手把它弄死。如果我说是死的，你就会松开你的手让它飞掉。你的手掌握着这只鸟的生死大权。"

披沙拣金

　　这个故事没有一丝渲染，也没有一丝保留。你手中握着失败的种子，也握着迈向成功的潜能。你的手有能力，但是必须用到正当的地方，才能得到应有的报酬。

　　再也没有任何人或任何事，能将你提升得比你的自我意愿

更高。

没有任何人或事，能将你贬抑得比你自己的意愿更低。

没有人比你自己更能提升你自己。

没有人比你自己更能贬抑你自己。

当人们赞扬或责怪你时，他们不过是对你的所作所为提供他们的意见或态度。他人的见解唯有在反映你自己的意见时，才拥有使你感觉很好或很差的力量。你决定自己的感觉，而你的感觉建立于自我价值的基础上。

借由真实的谦卑，并对自己诚实，你可以发掘你真正的潜能，表现你的自我价值。

当你投入自己喜爱的事业并为自己的所作所为负责时，你将体验到真实价值的感觉，你将无往而不胜。

假使一个人是对的

信心使一个人得以征服他相信可以征服的东西。

——德莱敦

一个星期六的早晨，一个牧师正在为讲道词伤脑筋，他的太太出去买东西了，外面下着雨，他的小儿子烦躁不安，缠着他做游戏。无奈中，他随手拿起一本旧杂志，顺手翻到一张色彩艳丽的图画，那是一张世界地图。他把这一页撕下来，撕成小碎片，丢到客厅地板上说："强尼，你把它拼起来，我就给你两毛五分钱。"牧师心想他的儿子至少会忙上半天，谁知不到10分钟，他的书房就响起了敲门声，强尼已经完成了任务。牧师真是惊讶万分，强尼居然这么快就拼好了。每一片纸头都整整齐齐地排在一起，整张地图又恢复了原状。"儿子啊，怎么这么快就拼好啦？"牧师问。"噢，"强尼说，"很简单呀！这张地图的背面有一个人的照片。我先把一张纸放在下面，把人的照片放在上面拼起来，再把另一张纸放在拼好的图上面，然后翻过来就好了。我想，假使人的图像拼得对，地图也该拼得

对才是。"牧师忍不住笑起来，给了强尼两毛五分钱："你把明天讲道的题目也给我了。"他说，"假使一个人是对的，他的世界也是对的。"

披沙拣金

这个故事的意义非常深刻：如果你不满意自己的环境，想力求改变，则首先应该改变自己。如果你是对的，你的世界也是对的，你认为你行，你就能发挥潜能，达致成功。对潜能的强烈信念是世界上最强大的力量之一！不论情况多恶劣，障碍多难克服，你的信念都会告诉你，其中必有解决之道。你的法宝就是耐心、无私或者永不懈怠的态度。

假如有人问，什么事情最可怕，我们要说：失去了对自己的信心和失去了对人类、对世间万物的爱心最可怕。

心是一切行为的主宰，这只有靠我们自己去领悟。

琼斯的"法宝"

成功人士的首要标志，是他思考问题的方法。一个人如果是个积极思维者，实行积极思维，喜欢接受挑战和应付麻烦事，那他就成功了一半。

——劳埃尔·皮科克

当琼斯身体很健康时，他工作十分努力。他是个农夫，在经营一个小农场。他对自己的生活现状感到很满意，日子就这样年复一年地过着，直到突然间发生了一件事。

晚年的琼斯患了全身麻痹症，卧床不起，几乎失去了生活能力，可他却没有怨天尤人。是的，他的身体是麻痹了，但是他的心理并未受到影响。他能思考，他确实在思考，并做出了计划。有一天，正当他致力于思考和计划时，他认识了那个最重要的活人(自己)和他的法宝(积极的心态)，他做出了重大的决定。

琼斯积极的心态使他满怀希望，乐观向上，他把他的计划讲给家人听。

"我再不能用我的手劳动了，"他说，"所以我决定用我的心从事劳动，如果你们愿意的话，你们每个人都可以代替我的手、脚和身体。让我们把农场的每一亩可耕地都种上玉米。然后我们就养猪，用所收的玉米喂猪。在猪还幼小肉嫩时，我们就把它宰掉，做成香肠，然后把它包装起来，用一种牌号出售。我们可以在全国各地的零售店出售这种香肠。"他低声轻笑，接着说道："这种香肠将像热糕点一样出售。"

这种香肠确实像热糕点一样出售了! 几年后，"琼斯仔猪香肠"走进千家万户，成了最能引起人们胃口的一种食品。

琼斯在有生之年看到自己成为百万富翁，但他还取得了比财富更大的成就，那就是找到了"积极的心态"这个法宝。因此，他克服了生理上的重重障碍，成为有用的人。

披沙拣金

成功者是积极主动的，失败者则是消极被动的。成功者常挂在嘴边的一句话是：有什么我能帮忙的吗？而失败者的口头禅则是：那不干我的事。

培养积极思维的十项原则为：

1. 言行举止像你希望成为的人；

2. 要心怀积极、必胜的想法；

3. 用美好的感觉、信心与目标去影响别人；

4. 把与你交往的每一个人都当作世界上最重要的人看待；

5.使你遇到的每一个人都感到自己是重要的，被需要、被感激；

6.寻找每一个人身上最好的东西；

7.除非万不得已，否则不要谈自己的健康问题；

8.到处寻找最佳的新观念；

9.放弃鸡毛蒜皮的小事；

10.培养一种奉献的精神。

如果你能具备这些好的思想、感觉以及行动，便可以建立起一种积极的态度，然后运用具有强大说服力的方式来表现你自己，那么，你将发展出迷人的个性。

金钱过眼

任何思想在我头脑中停留之前，都必须经过我核准。你无法不让飞鸟飞过你的头顶，但是你可以不让飞鸟在你的头上筑巢。

——皮尔

这个故事来自南方的一个城市，那里现在仍然用烧木柴的壁炉取暖。过去那儿住着一个樵夫，他给某户人家供应木柴已经两年多了。这位樵夫知道木柴的直径不能大于18厘米，否则就不适合那家特殊的壁炉。

但是，有一次，他给这个老主顾送去的木柴大部分都不符合规定的尺寸。主顾发现这个问题后，就打电话给他，要他调换或者劈开这些不合尺寸的薪柴。

"我不能这样做!"这个薪柴商人说道，"这样所花的工价会比全部柴价还要高。"说完，他就把电话挂了。

主顾只好亲自来做劈柴的工作。他卷起袖子，开始劳动。大概在这项工作进行了一半时，他注意到一根非常特别的木头。这根木头有一个很大的节疤，节疤明显地被人凿开又堵塞住了。这是什么人干的呢？他掂量了一下这根木头，觉得它很轻，仿佛是空的。他就用斧头把它劈开了。一个发黑的白铁卷掉了出来。他蹲下去，拾起这个白铁卷，把它打开，吃惊地发现里面包有一些很旧的50元和100元两种面额的钞票。他数了数恰好有2250元。很明显，这些钞票藏在这个树节里已有许多年了。这个人唯一的想法是使这些钱回到它真正的主人那里。他抓起电话听筒，又打电话给那个樵夫，问他从哪里砍了这些木头。这位樵夫以消极的心态维护着他的排斥力量。

"那是我自己的事。"这个椎夫说，"如果你泄露了你的秘密，别人会欺骗你的。"尽管对方多次努力，还是无法获悉这些木头是从哪里砍来的，也不知道是谁把钱藏在树内。

披沙拣金

这个故事的要点并不在于讽刺。真的，具有积极心态的人发现了钱，而具有消极心态的人却不能。可见好运在每一个人的生活中都是存在的，然而，以消极的心态对待生活的人却会阻止佳运造福于他。只有具有积极心态的人才会抓住机会，甚至从厄运中获得利益。

勿在冬天砍树

没有绝望的处境，只有对处境绝望的人。

————哈尔西

一个年轻人，冬天时常在树林中砍伐枯树作为取暖的木柴。春天来临时他惊讶地发现，那些曾被他砍伐过的"枯树"居然都吐出了绿芽。这时一位老人对他说："记住，不要在冬天砍树，因为那时你看不到生机；也不要在心情沮丧时做出决定，因为那时你看不到生活的光明。"

披沙拣金

当你心境忧郁或意气颓丧的时候，不可做出任何重大的决定，因为那不良的心境，会使你的判断失误。

一个人感到痛苦、失望时，他所采取的步骤，大都只顾立即获得解救，而不顾及最终结果的好坏。女人在遭遇强烈的失望或痛苦时，往往会降格迁就，决意嫁给她们并不爱的男子，就是一个例子。

当然，在希望已经幻灭，境遇十分惨淡的情况下，要求一个人仍然乐观面世，善用理智，这是很难的，但也唯有在这种环境中，才能显示出我们究竟是哪一种人。测验一个人的真才实学，可靠的方法，就是看他在事业失败、命运坎坷，甚至他的至亲好友都劝他放手，笑他不识时务时，能否坚持他的夙志与事业。

他人放弃，自己还是坚持；他人后退，自己还是向前；眼前没有光明、希望，自己还是努力奋斗。这种精神，是一切科学家、发明家和其他杰出人物成功的原因。

不管你的前途怎样黑暗，心绪怎样沉重，都要等到忧郁、沮丧的心情消散以后，再决定你的方针或步骤。在你心境不佳的时候，你千万不要屈服。

要做出重要的决定，必须运用你的理智、你正确的判断力、你健全的观察力。面临生活、事业上的转折点时，应该在你心境平静、精神愉快时做出抉择。当颓丧、失望充满你的内心时，你的判断很容易出错。在心情不佳时出现的念头，千万不可依照施行。

搭错车的男人

人们早就把世界称为狂暴的海洋，有幸的人带着指南针而航行。

——卡拉姆辛

有三个男人一起前往火车站，但到达车站时，发现南下的火车已经开走了。虽然心中十分扫兴，但也没办法，只好等下一班火车。

于是三个男人就一起到"铁路餐厅"里吃东西、聊天，消磨时间。话匣子一开，三个男人七嘴八舌，谈得十分起劲，一下子把时间给忘了。当他们猛然想起"火车时间到了"时，赶紧抓起行李，冲向火车月台。

此时，火车已缓缓开动，于是三人急忙沿着月台追赶已渐渐加速的火车。前面两个人速度比较快，终于在千钧一发之际，跳上了最后一节车厢!但是第三个男人，因为行李比较重、跑得慢，所以没有赶上火车，只好气喘吁吁地看着两个朋友渐远而去!

突然之间，没赶上火车的男人站在月台上，忍不住大笑起来！

"你怎么了？没赶上火车，怎么还哈哈大笑呢？"站台上的工作人员大惑不解。

"刚刚冲上火车的那两个朋友，是来为我送行的！"

披沙拣金

如果没有经过仔细思考、或没有特定目标，只是毛毛躁躁地跟人往前冲，冲到最后可能成功了，但也可能一事无成、徒劳无功。因此，"确定目标、理想"，是迈向成功的首要步骤。

所以，如果一个人的头上缺少一盏指路明灯——"目标"，那么他的生活将会是醉生梦死、茫茫然。

有人说，成功有"三A"，——Aim(目标)、Attitude(态度)、Action(行动)。是的，只有确定目标、方向，才不会匆匆忙忙地盲目"冲上火车"。

保证本镇最坏的

一个人追求的目标越高，他的才力就发展得越快，对社会就越有益。

——高尔基

我童年印象很深的是一家兼卖咖啡和花生的小店铺，老板被人们称为"乔叔叔"。每次乔叔叔煮咖啡和花生的时候，都会吸引很多人。他用煤炭、手摇的烤炉烤花生。烤完后花生就被放进一个大纸盒，盒子上有"红利盒子"的字样。那时候，一袋花生卖5分钱。乔叔叔一直过着穷人的生活，他死的时候也还是穷人。他为花生费尽心机，斤斤计较，但是花生并不是他的问题。

我永远不会忘记我读南卡罗莱大学时，在南卡罗莱州哥伦比亚区看到的一块招牌，上面写着"克洛马的花生——保证本镇最坏的。"我好奇地问镇上的人到底怎么回事。人家告诉我，克洛马开始做生意时，就在一小块招牌上写着这些文字。人们看到招牌时都会露齿而笑，但是他们还是照买他的花生。在花生包装袋上也印着同样的文字。又过了一些时候，克洛马先生以佣金制聘请了许多男孩在哥伦比亚区的主要街道上为他销售花生。他的招牌做得越大，生意也就越好。不久，他获得在南卡罗莱州博览会以及当地运动会销售花生的权利。他的声誉与生意与日俱增。今天，克洛马先生是位很成功、很富有的人了，他为花生动了许多脑筋，所以应该得到那些财富。

披沙拣金

这两个人几乎在相同的地区出售相同的产品。其中一个是贫穷的，而且一直贫穷；另一位也是贫穷的，但是不满足现状。他们出售同样的产品，但目标却有很大的不同。

不论你从事什么职业，都没有什么不同，不管你是医生、商人、律师、推销员、牧师等，都有富裕的人跟你从事相同的工作。一些富裕的人经营服务行业，但也有一些从事服务行业的人破产了；有一些富裕的人从事推销，也有贫穷的人在推销；有富裕的律师，也有贫穷的律师……这个名单列也列不完。机会首先跟个人有关，然后才跟职业有关。职业只有在个人尽其所能时才会为他提供机会。

不管你做的是什么，在相同的职业上的许多人做出了重大的贡献。使你成功或失败的不是职业或专业，而是你对自己及职业的看法。伟大的目标应该是"你必须在伟大之前，先看到它的伟大"。

没有一种工作叫"随便"

> 有些人活着没有任何目标，他们在世间行走，就像河中的一棵小草，他们不是行走，而是随波逐流。
>
> ——小塞涅卡

罗斯福总统夫人在本宁顿学院读书时，想在电讯业找一份实习工作，修几个学分。她父亲带她去见一个朋友——当时担任美国无线电公司董事长的萨尔洛夫将军。

罗斯福夫人回忆说："将军问我想做哪种工作，我说随便吧。将军却对我说，没有一类工作叫作'随便'。"

"他目光逼人地提醒我说，成功的道路是目标铺成的。"

披沙拣金

我们的目标越有价值，越容易依循成功的原则而实现。缺乏热诚及专注的贡献，就不可能达到任何值得追求的目标。

这是一个真理。这个真理并不是凭空捏造，也没有加上任何个人意见，完全是根据几十年来，我们对于各行各业观察与了解的结果。如果要我们提出一些成功的例证，唯一能提出的见证，就是我们自己。我们可以身体力行，印证这些成功的法则。

吉姆与大卫的工作观

只有伟大的目标才能产生伟大的毅力。

——斯大林

有一个热天，一群人正在铁路的路基上工作。一辆火车缓缓地开过来，他们只好放下手中的活计。火车停下后，最后一节特别装有空调设备车厢的窗户突然打开了。一个友善的声音从里面传出来："大卫，是你吗？"这群人的队长大卫回答说："是的，吉姆，能看到你真高兴。"寒暄几句后，大卫就被铁路公司的董事长吉姆邀请上车去了。两个人聊了一个多小时，握手话别，火车又开走了。

这群人立刻包围了大卫，他们对他居然是铁路公司的董事长吉姆的朋友而感到吃惊。大卫解释说20年前他跟吉姆在同一天开始为铁路公司工作。有人半开玩笑半正经地问大卫，为什么他还要在大太阳下工作，而吉姆却成为董事长，大卫机智地解释道："20年前我为每小时1.75美元的工资而工作，而吉姆却为铁路事业而工作。"

披沙拣金

在你的一生中，成功与失败的差别往往很小。快乐与不快乐、成交或错过一笔生意、胜利者与失败者，其间的差别也很小，但是胜利者与其他人的报酬却有很大的差异。

你差点做成一笔生意是没有佣金可拿的；几乎去旅行是没有乐趣可言的。在生命的游戏中，"几乎"做出任何事情都是没有实际效果的。实际效果是成就产生的。

以你的态度为例，如果你是一位学生，且为分数读书，你会得到分数；如果你为求知而读书，就会得到更好的分数与更多的知识。如果你想做一笔生意，可能会做成；如果你为事业而做成一笔生意，就会售出更多并且开创你的事业。你仅仅为薪水而工作，可能得到较少的薪水；如果你为改善公司而工作，不仅会得到更多的薪水，也会得到自我满足与同事的敬重，你对公司的贡献将会大得多，得到的报酬也会多得多。

看不到自己脚的胖男孩

在你踏出下一步前永远不要向下看以探测地面；唯有紧紧盯住远方地平线的人才能发现正确的道路。

——哈玛绍

哈特瑞尔是一位水平很高的演说家，当他还是东德克萨斯州的一个小孩时，有一次跟两位朋友在一段废弃的铁轨上走，其中一位朋友身材普通，另一位朋友是个胖子。孩子们互相竞赛，看谁在铁轨上走得最远。哈特瑞尔跟较瘦的朋友只走了几步就跌了下来，胖男孩却走得很远。他就去问胖男孩是如何做到的，胖男孩说，哈特瑞尔和较瘦的朋友走铁轨时只看着自己的脚，所以跌了下来。而他因为太胖看不到自己的脚，只能选择铁轨上远处的一个目标(一个长期的目标)，并朝着目标走。接近目标时，他又选定了另一个目标(你要尽量走到你能看见的地方，当你到达那里，你就会看得更远)，然后又走向新目标。

披沙拣金

肯定使你与将要做的事业同一阵线。

稳定、平衡、沉着和内在平静是你正在进步中的征兆。

注意你最初的目标，而不是只看眼前的路。

你专注于生命中的目的或最初的目标，在你的旅程中就会吸引越来越多能帮助你的人、环境和资源。事实上，将精力集中于你最初的目标，或最终的目标，是达成目标最有效的方法。

你知道你正往哪里去，并遵循你内心和灵魂的指引时，你将拥有一次更充实的旅程。

当你没有集中精力于你的最初目标时，变化和犹疑会像狂风一样侵袭你，使你如一叶飘荡的扁舟。

当你遵循你心中的梦想时，你会充满力量，时刻受到启发和刺激。

当你集中于你生命中最初的目标时，就将轻松越过障碍。

快乐在何时光顾你

成功是一段路程，而非终点。所以，只要在迈向成功的过程中一切顺利，便是成功。

——林克赖特

一群年轻人到处寻找快乐，却遇到许多烦恼、忧愁和痛苦。

他们向苏格拉底请教："快乐到底在哪里？"

苏格拉底说："你们还是先帮我造一条船吧！"

这群年轻人暂时把寻找快乐的事儿放到一边，找来造船的工具，用了七七四十九天，锯倒了一棵又高又大的树，挖空树心，造出了一条独木船。

独木船下水了，他们把苏格拉底请上船，一边合力荡桨，一边齐声唱起歌来。苏格拉底问："孩子们，你们快乐吗？"

他们齐声回答："快乐极了！"

苏格拉底道："快乐就是这样，它往往在你不着一个明确的目的忙得无暇顾及其他的时候突然来访。"

披沙拣金

目标不只是到达终点。

任何目标你都能达到，但这并不一定是你的目的；成就是垫脚石。

所有的成就皆是短期的，因此必须努力不间断地迈向一个永久的目标。

你的目标是超越终点的。它在你的生命之上，它是充满精力的理想、和谐的声音，与你内心的声音共鸣。即使在你的有生之年，你的行动只是这理想的一部分，这世界将因你天资的表现而耀眼。

一旦你拥有更伟大的理想，拥有能够终身投入的事业时，你就会振奋精神、继而行动，并会因富有创意而生机勃勃。

亚伦的生意经

经验告诉我们，成功和能力的关系小，和热心的关系大。

——贝克登

亚伦从战场归来后，母亲要他经营家中的杂货店。亚伦认为它真是一家小店，打开前门几乎会撞到后门边上的柜台。生意还算好，足够亚伦和他的母亲维持生活。

亚伦有创业的野心，所以就去找当地的银行家借钱扩充店面。他的本钱虽少，但热心十足，终于从银行家那里贷款95万元，他用这笔钱建了一个超级市场，开幕那天虽然秩序混乱，但相当成功。他的生意越来越好。然而，在以后的6个月中，当地又开设了10家超级市场。每开业一家就抢走他一小部分生意。不久亚伦的生意渐渐少了，最后比当年的小杂货店还少，真是令人沮丧。这时，亚伦就与店里的四名雇员一起接受公开演讲课程的训练。这个课程特别强调正确的心理态度，其中还讲到热心方面的问题，使亚伦深受启发。从那个晚上开始，亚伦就决定带领店里的人对工作投注更多的热情。他的顾客走进店门就受到热烈的欢迎,从上到下,从前到后整个态度全都改变了。结果很惊人,短短一个月时间,营业额由每周1.5万元升至3万元,从此以后一直未再下降过。

披沙拣金

我们来看一下,亚伦所在的小城并没有一下子增加许多人口,竞争者也没有关门,唯一的变化就是亚伦的态度——他越来越对自己的事业充满热情。

一个人成功的因素很多,而列于这些因素之首的就是热忱。热忱是出自内心的兴奋,会影响周围人的处世方式与态度。英文中的"热忱"这个词是由两个希腊词根组成的,一个是"内",一个是"神"。事实上一个热忱的人,等于是有神在他的内心里。热忱也就是内心的光辉——一种炙热的、精神的物质深存于一个人的内心。

热忱不能只是表面功夫,必须发自一个人的内心,假装热忱是不可能持续多久的。产生持久热忱的方法之一是定出一个目标,并通过努力工作去达到这个目标,而在达到这个目标之后,再定出另一个目标,再努力去达成。由此而产生的兴奋和挑战可以帮助一个人建立经久不衰的热忱。

让我先画完这个圆圈

希望你所做的工作，成为你所喜爱的游戏。

——基博丁

罗马军队攻陷希腊叙拉古斯城时，阿基米德仍专心致志地在工作室研究他的几何学。别人都四处逃散，家人也劝阿基米德赶快逃走，但被阿基米德拒绝了。阿基米德又全身心地投入到几何学研究中去。

罗马军队终于涌入了城池，一个罗马士兵把三刀子架在他的脖子上，阿基米德连头也没抬，不慌不忙地对罗马士兵说："我的朋友，在你杀我以前，让我先画完这个圆圈吧！"

披沙拣金

工作即游戏。不管做什么事，一定要快乐，一定要享受过程。把工作视为游戏，会感到工作是其乐无穷的。马克·吐温认为：成功的秘诀，是把工作视为消闲。

　　成功大师安东尼也是以游戏的心态对待工作，他强调，始终不悖的信念系统具有相乘的效果，即积极的信念能强化积极的信念，例如，他认为没有前途暗淡的职业，除非你不敢承担责任，担心会失败。如果想充实、快乐地工作，就必须把游戏时的好奇心及活力，带到工作中去。

　　常常有很多人对自己的工作感到沮丧、不满，而活得非常不快乐。但是如果我们想真正获得快乐，就该把工作当成生活中的一种乐趣，千万别把工作当作一种刻板、单调的苦差事。

　　不要后悔自己的选择，努力加上毅力，任何一件事情，都会开花结果。千万不要因为一时挫折就灰心、放弃。生活的快乐与不快乐，完全掌握在自己的手中，当我们把工作变成生活中的一种乐趣时，那么我们就乐在其中了。

坐在钉子上的狗

我们这个世界的最新福音是，认识你的工作，并且努力去做。

——卡莱尔

有个人走在乡间路上，经过一处门廊，看见一位农夫坐在摇椅上，旁边有只狗一面哀号，一面制造出各种各样的噪音。于是，他走近农夫问道："那狗怎么了？"农夫说："因为它坐在一根钉子上。"他接着问："那它为什么不站起来？"农夫说："因为它还没痛够！"

披沙拣金

如果你受不了自己的工作，却只是坐以待毙，自怨自艾，那你跟坐在钉子上的狗又有什么两样？其实你有选择的权利，你应该自行决定人生的方向，只要你想，你就能。

如果你能做适合于你的工作，你就更易于成功。

比起赢得工作、赚得巨资或事业成功等因素，还有更激励人的因素。自我信念是令人奋进的诸因素中最强有力的。

同为树，不同命

人们希望能够真正自主地选择，不管这种自主可能付出什么代价，不管可能导往何方。

——陀思妥耶夫斯基

日本人种了一种树，称之为帮赛树。它长得很美，而且造型完整，但高度只有几寸而已。在加州，还有一种叫水杉的树，其中一棵大水杉树被命名为将军莎门。这棵巨树高达83米，树围达22米，如果砍下，足够建造35间房子。但是当将军莎门树和帮赛树还是种子的时候，重量都小于三千分之一盎司。可是长成以后，差异却很大，其背后隐藏的故事，是意味深长的。当邦赛树的树苗长出地面时，日本人就把它拉出泥土，并且扎住主干以及一些支干，故意阻碍它成长，结果成了一种矮小、美丽的树。将军莎门树的种子自然地落在加州肥沃的土地上，而且受到矿物质、雨水与阳光的滋润，长成了巨树。邦赛树与将军莎门树不能选择命运，你却有权选择。你可以随心所欲，变得伟大或渺小，变成邦赛树或将军莎门树，选

择的权利操纵在你的手中。

披沙拣金

在有限的生命中，上苍赋予我们许许多多宝贵的礼物，"选择的权利"就是其中的一个。

我们有权利去思考、行动，也有权决定自己该怎么做，该相信哪些事情。一些人总以为只有在决策时才需要选择，其实，我们所做的每一件事情都是一种抉择。

正因为这是上苍赐予人类的礼物，所以，不论面对何事，我们都可以自行决定解决问题的方法。选择权永远在我们自己手中，暂且不管我们做了什么选择——勇于面对现实也好、逃避现实也罢，只要做出抉择，我们就会感到那种控制力又回到自己身上。

想要对自己好一点，就该善用你的控制权，以减轻压力。

断指战士

如果说责任感折磨着一个人的话，那它也能使人完成非凡的事情。

——马卡姆

在 200 年前英国与西班牙交战的岁月里，直布罗陀要塞掌握在英国军队手中。这个地方地势险要，却只驻守着少量的英国军人。

一个夜晚，要塞司令独自一人到各个炮台进行视察，看看有无防备方面的疏漏。

走到一处，他看见一个哨兵在自己的岗位上值勤。

看到将军来到，哨兵本应举起毛瑟枪向他致敬。然而，那个哨兵却纹丝不动。

将军觉得有点反常，他大声地问："哨兵，你难道不认识我吗？为什么不敬个礼呢？"

战士答道："将军，我当然认识您。可是我腾不出手来，因为几分钟之前，敌人的子弹打断了我右手的两个指头，我举

不起枪了。"

"那么，为什么不赶紧去把伤口包扎一下？"

"因为，"哨兵说，"一个值勤的士兵在有人接替之前是不能擅离岗位的。"

将军立即跳下马来。

"喂，朋友，把枪给我，让我替你值班，快去包扎伤口！"

那名士兵服从了。但他先奔回营地，请另一名哨兵跑去把将军替换下来，然后才跑向战地医院。由于失去了有用的手指，这名士兵再也不能灵活地使用自己的武器，他被送回了英国本土。

英王乔治亲自接见了这名战士，为表彰他的忠诚尽职，破格升任他为军官。

披沙拣金

一个人的责任感越高，他的成就也越大。因为在责任的鞭策下，人十我百，孜孜不倦地工作，怎能不在事业上创下一番业绩？

常见有人指责某某人说："他是一个没有责任感的人！"

这是一种很严厉的批评，甚至比骂人家"游手好闲"还要难听！

在人生的路程上，我们的责任只有越来越重，而不会越来越轻！责任越多，表示我们的能力越大，否则别人不敢那样随意地把责任赋加在我们肩上。

有责任的人生是美好的，每一分每一秒，我们都可以在无声的工作中，感到生活的甜蜜和踏实！

流汗是一种精神

假如没有劳动这个压舱的货物，任何风暴都会把生活之船翻掉。

——*司汤达*

两匹马各拉一辆大车。前面的一匹走得很好，而后面的一匹常常停下来。于是人们把后面一辆车上的货物挪到前面那辆车上去。等到后面那辆车上的东西都搬完了，后面那匹马便轻快地前进，并且对前面那匹马说：

"你辛苦吧，流汗吧，越是努力干，人家越是要折磨你。"

他们来到车马店的时候，主人说：

"既然只用一匹马拉车，我养两匹马干嘛？不如好好地喂一匹，把另一匹宰掉，总还能拿张皮吧。"

他就这样做了。

披沙拣金

测验人的品质有一个标准，就是他工作时所具有的精神。

假使他对工作的态度是被动的，像奴隶在主人的皮鞭督促之下一样；假使他对工作感到厌恶；假使他对工作没有热忱，不能使工作成为一种喜悦，而只觉得是一种苦役，那他在世界上，一定不会有所成就。

一个人工作时所具有的精神，不但与工作的效率有很大关系，而且对他的品格也大有影响。工作就是一个人的人格表现，工作就是我们的志趣、理想以及我们"真我"的外部写照。看到了一个人所做的工作，就是"如见其人"了。

自尊、自信是成就大事业的必要条件，对工作不肯尽心尽力，只是一味地敷衍塞责的人，是不会有这种自信、自尊的。一个人假使不能在工作上尽心竭力地去做，那他决不能很好地造就自己。工作，是一个训练品格的大学校。

因此，在任何情况下，不可容许你自己对工作产生厌恶感。厌恶工作是最坏的事。假使你为环境所迫，只能做些乏味的工作，你也应设法从这乏味的工作中找出些兴趣、意义来。要知道，凡是应当做而又必须做的工作，不可能是完全无意义的，这由我们对待工作的精神状态如何而定。良好的精神，会使任何工作成为有意义、有兴趣的工作。

假使你以为你的职业是乏味的，那你厌恶的心理、厌倦的念头，足以招致失败。乐观的、积极的、热诚的心理，才是吸引成功与幸福的磁石。

任何工作，凡是为社会所尊崇的，都具有无上的神圣性。凡是有利于人类的工作，没有一件事是卑贱的、可耻的。

　　只要全神贯注，工作中厌恶、痛苦的感觉，就会消失。不懂得这个秘诀的人，也不会懂得获取成功与幸福的方法。

　　不论做任何事，必须竭尽全力。这种精神的有无，可以决定一个人日后事业上的成功或失败。

　　应该在心中立下这样的信念和决心：从事工作，必须不顾一切，尽自己最大的努力。如果对工作不忠实、不尽力，那无异于是在贬损自己，糟蹋自己。

天下没有白吃的午餐

想不付出任何代价而得到幸福，那是神话。

——徐特立

许多年前，一位聪明的老国王召集了聪明的大臣，给了他们一个任务："我要你们编一本《古今智慧录》，留传给子孙。"这些聪明的大臣受命后，工作了很长一段时间，最后完成了一本洋洋12卷的巨作。国王看了说："各位先生，我相信这是古今智慧的结晶，然而，它太厚了，我怕人们读不完。把它浓缩一下吧！"这些聪明的大臣又进行了长期的努力工作，几经删减后，变成了一卷书。然而，国王还是认为太长了，又命令他们再浓缩。结果这些聪明人把一本书浓缩为一章，然后缩为一页，再变为一段，最后则只剩下一句话。聪明的国王看到这句话时，显得很得意。"各位先生，"他说，"这真是古今智慧的结晶，全国各地的人一旦知道这个真理，我们的大部分问题就可以解决了。"这句话是："天下没有白吃的午餐。"

披沙拣金

凡是有责任感的人都会同意"没有白吃的午餐"与"你无法不付出代价就得到一些东西"是无上的真理，但他们却时常赞成合法的赌博、赛马、赛狗与彩票。难怪年轻人对父母相信的事物感到困惑。一个聪明人观察到，成功的家庭都有"工作"做父亲，"诚实"做母亲。如果你跟"父母"相处得来，就不会跟家中其他人发生冲突了。

工作是所有生意的基础，所有繁荣的来源，也是天才的塑造者。

工作使年轻人奋发有为，比他的父母做得更多，不管他们多么有钱。

工作是增添生命味道的食盐。人们必须先爱它，它才能给予你最大的恩惠并使你获得最大的成果。

人们喜欢工作时，它会使生命甜美，有目标，有收益。

探讨工作的重要性时，要保持开放的心胸。你也许知道，有些人的心灵就像混凝土一样——全都混在一起且凝固了。心灵应该像降落伞，只有在开启的时候才有作用。

如果你不付诸行动，世界上最实用、最美丽、最可行的哲学也无法行得通。可悲的是，很多人一找到工作就不再做好分内的事。人们如果知道要想出人头地，就非得刻苦工作不可，那么大部分人就会有所成就。工作是我们享受成功所付出的代价。

不管向前走的路是多么顺利、多么容易，总是有人会落后。同样道理，不管向前走的路是多么艰难，总是有人不顾一切地走在前面。

敲门，让他起床

一个人应当一次只要一件东西，并持之以恒，这样便有希望得到它。

——安德鲁德

有这么一则寓言：假如你半夜到一位朋友家，想借三块面包，你会大声说："一位朋友刚来拜访我，但我家没有东西吃，你能不能借我一些面包？"而他则会从卧室大吼："请别要我起床，大门已上锁，我们全上床了，这种时候我没办法帮你。"尽管他不肯起床，但只要你不断敲门，敲得足够持久，对方就会起床，并给你所想要的一切，只因你强求——坚持。

披沙拣金

在追求成功的路上，坚持是达成目标的关键。

你必须不断追求梦想、坚持到底，并决不放弃！无论你吃多少闭门羹、面对多少困难或障碍，你都得培养出决不放弃的态度。不放弃，决不放弃，坚持到底！

你若仔细观察一只蚂蚁，便会发现，这真是种不可思议的生物，因为它从不放弃。如果你在一只蚂蚁面前放一片树叶、一根棍子、一块砖，或其他任何东西，它一定会从上面爬过、从底下钻过、从旁边绕过，直至达到目的。它决不停止、决不放弃，并不断尝试，朝目标迈进。事实上，只有到死时，蚂蚁才会停止尝试。

我们都该从蚂蚁身上汲取经验，勤奋地工作，不断追求目标。无论遭遇什么问题，或身陷何等困境，都决不能放弃。我们得不断追求梦想，并致力达成目标。努力工作，为困境预做准备，其中最重要的就是：决不放弃！

哈默如何找到石油

朝着一定目标走去是"志"，一鼓作气中途不言放弃是"气"，两者合起来就是志气。一切事业的成败都取决于比。

——卡耐基

1956年，哈默购买了西方石油公司。当时油源竞争激烈，美国的产油区被大的石油公司瓜分殆尽，哈默一时无从插手。1960年，他花掉了1000万美元勘探基金竟毫无所获。这时，一位年轻的地质学家提出旧金山以东一片被德士古石油公司放弃的地区，可能蕴藏着丰富的天然气，并建议哈默公司把它买下来。哈默重新筹集资金，在被别人废弃的地方开始钻探。当钻到262米深时，终于钻出加州第二大天然气田，价值2亿美元。

披沙拣金

不放弃就有机会。不管做什么事，只要放弃就失去了成功的机会；不放弃，就会一直拥有成功的希望。如果你有99％想要成功的欲望，却有1％想要放弃的念头，这样的人是没有办法成功的。人们经常在做了90％的工作后，放弃了最后让他们成功的10％。这不但输掉了开始的投资，更丧失了通过最后的努力而发现宝藏的喜悦。

格莱斯顿听布道

你如果想得到快乐，就得将忍耐带回家。

——王尔德

夏天是催人欲睡的季节，教徒们被牧师又长又臭的布道轰得个个昏然欲睡。有些人，甚至忍不住打起瞌睡来了。最后教堂里的人几乎都在打瞌睡，只有一个绅士，上身挺直，专心听道，跟四周的人完全不一样。

他不是别人，正是当时鼎鼎有名的英国首相格莱斯顿。

后来，有人好奇地问格莱斯顿："奇怪，每个人都听得打起瞌睡，甚至干脆小睡一场，为什么只有您那么用心地听？"

格莱斯顿微笑着说："是这样的，听这么一无可取的讲道，老实讲，我也很想打瞌睡，可是，我突然想到：何不用这件事来试试自己，能够忍耐到什么程度？我聚精会神地从头听到尾。刚才我还告诉自己：你呀，忍耐得好，以这种耐心去面对政治上的种种难题，还有什么事不能解决呢？所以说，我对今天的讲道，感触至深，对我的好处和启示，可真是太大了。"

披沙拣金

当"智慧"隐遁无踪，"天才"无能为力，"机智"与"手腕"失去作用，其他各种能力都束手无策，宣告绝望的时候，走来了一个"忍耐"，由于坚持，得到了成功，不可能的成为可能。

在别人都已停止前进时，你仍然坚持；在别人都已失望放弃时，你仍不停止，这是需要相当勇气的。使你得到比别人更大成功的，正是这种坚持、忍耐的能力，不以喜怒好恶改变行动的能力。

忍耐的精神与态度，是许多人获得成功的关键。

在商业界，能做成最多的生意，获得最多的主顾，销售最多商品的，往往是那种不灰心、能忍耐的人。忍耐的精神、谦和的礼貌，足以使别人受感动而成全他。

受到刺激就不能忍耐的人，不会有很大的成就。

定下一个目标，然后集中全部的精力去实现它。这种能力，会获得他人的钦佩与尊敬。

你一旦树立了有毅力、有决心、能忍耐的名誉，就不用怕世界上没有你的地位。但是假使你表现出一些意志不坚定与不能忍耐的态度，人们会明白，你是白铁，不是纯钢。他们会瞧不起你，不信任你。而没有人们的信任，取得事业的成功是很难的。

托马斯的小费

停止尝试之日，就是完全失败之时。

——斯坦斯弗

戴维·托马斯是在世界各地拥有4300家快餐店的温迪国际公司的创始人、商务经理，他这样回忆自己的童年：

12岁时，我们家迁到田纳西州的诺克斯维尔，我设法使一位餐馆老板相信我已16岁，他才雇我做便餐柜台的招待，每小时25美分。

餐馆老板弗兰克和乔治·雷杰斯兄弟是希腊移民，刚来美国时，他们曾干过洗盘子和卖热狗的工作。他们极为坚强，并为自己定下了非常高的标准，但从来不要求雇员做他们自己做不到的事。

弗兰克告诉我："孩子，只要你愿意努力尝试，你就能为我工作；如果你不努力尝试，你就不能为我工作。"他所说的努力尝试包括从努力工作到礼貌待客等一切内容。当时通常的小费是一个10美分的硬币，但如果我能很快把饭菜送给顾客并服务周到，有时就能得到25美分小费。我记得我对自己说："试试看，一个晚上能接待多少顾客"，结果创下了100位的纪录。

披沙拣金

只要勇于尝试，就能开启新局，创造新的生活。所谓勇于尝试，不是朝三暮四，忽东忽西，没有生活的目标。勇于尝试，是要你在关键处，勇敢地为自己争取创造的机会。

许多人很保守，不敢尝试改变自己，他的生活就变得枯燥、厌倦和无奈，因为他失掉许多创造的机会。有许多人活得暮气沉沉，也是由于不敢尝试所致。还有许多人一直逗留在工作的表层，不能投入其中好好奋斗一番，都是源自不敢尝试的毛病。

尝试难在第一步，只要你能突破刚开始的犹豫，就能顺利改变自己。

勇于尝试必须注意以下几个要点：

你要对自己的人生有个梦想，要设法改变你不喜欢的东西，去发觉什么是自己真正想做的事。不要用功利的眼光来安排自己的人生。

凡事都有得失，要认清哪些是得，哪些是失；你要获得想要的，就得同时忍受一部分得不到的东西，要心甘情愿去做已决定的事。记住！十全十美的事只是幻想，不是事实。

新的工作需要新的能力、新的生活习惯，要设法改掉现有的恶习，培养新的适应能力，这是成功之道。

不要气馁，要每天鼓励自己，让决心和信心生根。坚持努力的人，机会一定属于他。

谷仓的秘密

解除人类的"个人感受"的利己心,是一切真正教养的最终目的。

——希尔提

农场主在巡视谷仓时,不慎将一只名贵的手表遗失在谷仓里,他遍寻不获,便在农场的孩子中悬赏,谁能找到手表,将得到50美元的奖赏。

小孩们在重赏之下,无不卖力地四外翻找,怎奈谷仓内尽是成堆的谷粒,以及散置的大捆稻草,要在这当中寻找一只小小的手表,实在有如登天之难。

小孩们忙到太阳下山仍一无所获,一个接着一个放弃了50元的诱惑,相偕回家吃饭去了。只有一个贫穷的小孩,在众人离开之后,仍不死心地努力寻找,希望能在天黑之前找到它,换得巨额赏金。

谷仓中慢慢变得漆黑,小孩虽然害怕,仍不愿放弃,不停地摸索着,突然他发现杂沓的人声静下来之后,有一个奇特的

声音。

那声音"滴答、滴答"不停地响着，小孩登时停下所有动作，谷仓内更安静了，滴答声也格外清晰。小孩循着声音，终于在偌大漆黑的谷仓中找到了那只名贵手表。

披沙拣金

在成功的道路上，我们难免会遇到一些障碍，如何越过障碍而直抵成功的终点，是我们必须学习与研究的重要课题。

正如故事中众人纷乱地寻找手表一样，如果不能真正了解人生的法则，再多的忙乱都是徒劳无功的。

成功的法则其实很简单，而成功者之所以是少数，是因为大多数人都认为这些法则太简单了，而不信或不屑去做。

专注与单纯，是成功法则中极重要的两种态度。故事中那个贫穷的小孩，为了获得赏金，在众人放弃后，执意要找到手表，甚至克服了怕黑的恐惧。而在谷仓安静下来之后，当周围环境不再复杂，他轻易就找到了他所要的。

人生法则就像谷仓内的手表，早已存在于你的心中。只要你真的要去找到它，并且让自己静下来，专注而单纯地思考，你将听到清晰的滴答声。

循着你内心正面的引导，不为复杂的外力所困惑，你终将获得人生的智慧。

15 美分的教益

诚实是一座阶梯，也是达到认识之前的手段之一。

——尼采

阿瑟·因佩拉托雷先生目前是新泽西—曼哈顿航运线的老板兼A—P—T卡车运输公司的总裁。

他10岁那年正是经济大萧条时期的1935年，他不得不到一辆大运货卡车上工作，每天要向100家商店递送特别食品，干12小时的工作只能挣得一个三明治、一杯饮料和50美分。在没有食品递送的日子里，他就到街角的一家糖果店工作。一天，全在桌底下拾到15美分并把它交给了老板。老板扶着他的双肩承认，钱是他故意放在那儿的。后来，阿瑟一直为糖果店老板工作到读完高中，他的诚实使他在美国经济最困难的时期保住了自己的工作。

披沙拣金

诚实是获得信任的基础，而信任则是同别人一起工作、创

建事业，并最后获得成功的基础之一。

　　一个人能在所有时间里欺骗一个人，也能在同一时间欺骗所有人，但他不能在所有时间里欺骗所有的人。小胜靠谋，大胜靠德。

　　诚实是最大的聪明。

牛仔的智慧

一个人应当于憎恶痛苦与热爱愉悦之间自我节制。

——蒙田

从一大早开始，三个牛仔就一直骑马走在小径上。由于忙着寻找、放牧失散的牛群，他们三个一直没时间吃饭。直到天色已晚时，其中两个牛仔开始讨论他们是怎样地饥肠辘辘，还有回到镇上时要吃怎样丰盛的大餐。当其中一个牛仔问第三个牛仔是否也饿了时，他只是耸耸肩，并说："不饿。"

稍晚，当他们抵达镇上后，三个人都点了带着大牛排的晚餐。那个说不饿的牛仔非常高兴地，一道接一道吃着他面前的每一样食物，他的朋友提醒他说，不到一小时前他还说不饿呢！

"那时感到饥饿并不明智，"他回答，"因为没有食物。"

披沙拣金

我们的心态是形成我们人格的最重要因素。

我们自身的观点会强烈地影响到其他人对我们的看法。如果我们是一个自信、兴致勃勃而又积极的人，我们的工作伙伴、朋友和家人都会被我们的个性所吸引。相反的，如果我们总是消极、不快乐，总是埋怨自己的处境，别人也会对我们敬而远之。即使在某些时候，我们觉得不快乐，也要强迫自己表现得积极些，我们就会发现，自己很快地振奋起来，因为人的潜在意识无法分辨出乔装出来的情绪和真正的情绪有何不同。当我们表现得积极又有热情，我们就会影响周围的每一个人——包括我们自己。

我们无法控制他人的行为，但是，可以控制自己对这些行为所产生的反应，而且这的确只有我们自己能控制。

如果我们本身是个积极的人，就比较容易发现其他人积极的一面，当我们持续地发展自己、提升自己时，别忘了在别人身上发掘这些特质。

看魔术表演的鹦鹉

简单的重复就是衰败的开始。

——卢梭

有一个船员已经在国外住了很多年，有一次他要回家度假，在等火车的时候有一些时间，就去附近的一个大厅，那里有一个魔术师在表演。那个船员带着一只鹦鹉，他知道不能够逗留太久，所以他就坐在大厅旁边靠近门的地方，以便时间到了去赶火车。

那个船员发觉魔术非常好玩，所以他不时地评论道："一个很好玩的把戏，不知道下一步会怎样？"就在那个时候，船员想抽烟，所以他就点了一根香烟，点完之后将火柴丢出门外。

刚好大厅外面有瓦斯漏气，事情就发生了，接下来就是一阵很大的爆炸，大厅一片残骸，几分钟之后，在大约一公里以外的一座教堂的塔尖上，一只羽毛褴褛的鹦鹉发出评语："那是一个很好玩的把戏，不知道下一步会怎样？"

披沙拣金

一些人就像那只鹦鹉：他不断地重复某种东西，即使环境变化了，他仍幻想以不变应万变。

社会及个人生活都会随着时间发展而有所变化。这些环境的变化，对于生活在其中的人们来说，不是没有意义的。人们不断地为自己订立新的期望，而这些期望又会随着环境的需要而发生变化。

人类除了身体在成长外，精神也会成长。尤其是当环境发生变化时，精神更会发生变化。

因此，想在多变的现代社会中更好地生存下去，就必须学会适应变化，富有弹性，若固执于过去的种种，是不会有任何成果的。

大鱼和小锅

一个具有天才的人，必具有超人的性格，绝不遵循常人的思想和途径。

——司汤达

许多年以前，重量级拳王吉姆在例行训练途中看见一个渔夫正将鱼一条条地往上拉，但吉姆注意到，那渔夫总是将大鱼放回去，只留下小鱼。吉姆就好奇地问那个渔夫其中的原因，却放回大鱼。渔夫答道："老天，我真不愿意这样做，但我实在别无选择，因为我只有一口小锅。"

披沙拣金

有没有想过，这个故事实际上是在讲你呢！许多时候我们想到一个大的主意时，往往会告诉自己："天啊！可别来个这么大的！我只有一口小锅呀！"我们还常常自我安慰："更何况如果是一个好主意，别人早该想到了，请赐给我一个小的吧！不要

逼我走出舒适的小圈子，不要逼我流汗。"在我们每个人的生命中，都会面临许多害怕做不到的时刻，因而画地自限，使无限的潜能只化为有限的成就。而成功者却会时时告诫自己："我想我能，我想我能!"

不要害怕你自己成为创造者。

没有人能够因仿效他人得到成功，纵然被他仿效的人已是一个伟大的成功者。成功是不能从抄袭、模仿中得来的。成功是一种创造的力量。

世间每种职业，每种营业，每种业务，都有可以改进的余地。

不要以为你的主张或计划没有先例可循，或者你年纪轻轻，经事不多，就不能为人所尊重。凡是能够将新鲜的、有价值的东西贡献给世界的人，凡是敢于坚持自己的信念，开创自己的主张和方法的人，最容易为人所认识。

在工作上，唯有"创造"才能取得人们的注意。不管你所做的是哪一类工作，都不要模仿他人，按照前人的模式行事。你应该用一种新颖的、别出心裁的方法做事，把你的"特殊性"显示于人，表明你是不为先例所约束的，你有你自己的计划。

换个角度

每个问题都隐藏着解决其自身问题的线索。如果对问题的探讨足够深入，就能够找到解决的方法。

——皮尔

某家报纸曾举办一次金额甚巨的有奖征答活动。题目是：在一个充气不足的热气球上，载着三位关系人类兴亡的科学家。

第一位是环保专家，他的研究可拯救无数人，免于因环境污染而面临死亡的噩运。

第二位是原子专家，他有能力防止全球性的原子战争，使地球免于遭受灭亡的绝境。

第三位是粮食专家，他能在不毛之地，运用专业知识成功地种植谷物，使几千万人脱离因饥荒而死亡的命运。

此刻热气球即将坠毁，必须丢出一个人以减轻载重，使其余两人得以生存，请问该丢下哪一位科学家？

问题刊出之后，因奖金的数额巨大，各地答复的信件如雪

片般飞来。在这些信中，每个人皆竭尽所能，甚至天马行空地阐述他们认为必须丢下哪位科学家的见解。

最后结果揭晓，巨额奖金的得主是一个小男孩。

他的答案是——将最胖的那位科学家丢出去。

披沙拣金

如果是你，你想将哪位科学家丢出去呢？

这位小男孩睿智而幽默的答案，提醒了聪明的大人们，单纯的思考方式，往往比钻牛角尖，更能获得良好的成效。

同时值得我们思考的是，在我们从事推销、教育、沟通等引导性工作时，是不是常常太过于重视自己想法的表达，或着力于事物表面的热烈探讨，而忽略了对方的真正需要？

任何疑难问题最好的解决方法，只有一种，就是能真正切合该问题所需，而非自说自话、惑于问题本身的盲目探讨。

在遭遇困境时，我们不妨先仔细想清楚，问题真正的重点何在，对方的需要又是什么。

我们可以通过单纯化的思考，来将这种衡量的模式，培养为日常的习惯。假以时日，你将不再为问题复杂的表象所困惑，并以足够的智慧，找出完满的解决之道。

换个有角度思考，还有助于人际的沟通，使你能够融入这个复杂的社会，得心应手地处理种种问题。

小针孔造就百万富翁

新手应当永远凭借独创的作品开始他的事业。

——契诃夫

40年代，美国流传着一个小针孔造就百万富翁的故事：美国许多制糖公司把方糖运往南美洲时，都会因方糖在海运途中受潮造成巨大损失。这些公司花了很多钱请专家研究，却一直未能尽如人愿。而一个在轮船上工作的工人却用最简单的方法解决了问题：在方糖包装盒的一角戳个通气孔，这样，方糖就不会在海上运输时受潮了。

这种方法使各制糖公司减少了几千万美元的损失，而且简直不花成本。这个工人专利意识十分强，他马上为该方法申请了专利保护。后来，把这个专利卖给各制糖公司，成了百万富翁。

上面这个点子又启发了一个日本人，这个日本人想：钻孔的方法可用于其他许多方面，不光是方糖包装盒。他研究了许多东西，最终发现：在打火机的火芯盖上钻个小孔，能够大量

延长油的使用对间。他凭着这个专利也发了财。

披沙拣金

要成为商界王者，不一定要把目标定得很大，不一定要在人人看好、竞争十分激烈的生意上与别人一决雌雄。其实不论什么行业，都有许多未加开发的东西。因此，只要把目标确定在这些东西上，由于竞争对手少，你全力以赴地去做，一定能创造出利润丰厚的独占性事业。

心理远视病

你们要给自己的热心找到一个不可分离的伴侣，这个伴侣就是严格的观察。

——巴斯德

在美国西北部蒙大拿州的达比镇，人们好多年都习惯于仰望那座晶山。晶山之所以得名是因为它已被侵蚀得暴露出一条凸出的狭窄部分，这部分是微微发光的晶体，看上去有点像岩盐。早在1937年这儿就修建了一条直接越过这块露面岩层的小径。但是此后一直到1951年，没有一个人耐心地弯下身子去捡起一块发亮的矿物质，好好地观察一下。

就在1951年，两个达比人康赖先生和汤普先生看见一种矿物的集合物陈列于这个小镇，感到十分激动。他们看到矿物展品中的绿玉标本上，附有一张卡片，说明玉可用于原子能探索，便立刻在晶山上立柱，表示所有权。汤普生把矿石的样品送到斯波堪城的矿务局，并要求派一名检验员来察看一种"储量巨大"的矿物。1951年的下半年，该矿务局就派了一部推

土机上山采集矿石样品并进行成分分析，认定这里确是极有价值的世界最大的铍的储藏地之一。每天都有一些沉重的运土卡车陆续奋力登山，又载着极为沉重的矿石缓慢地闯出一条下山的回路。而在山脚下等待他们的是手中拿着支票的美国钢铁公司和美国政府的代表。他们中的每个人都急于购买这些矿石。这一切都仅仅是由于某一天，两个青年人不仅用他们的生理眼睛去观察，而且不怕麻烦，还用他们的心理眼睛去思考。

披沙拣金

在观察的过程中，你既要看得远，又要不忽视近处。一个人懂得了如何直接观察在他面前的东西，是有巨大好处的。

如果一个人的心理视觉被歪曲，成了一个心理远视的人，他就不能做到康赖和汤普生所做到的事。因为他只能看到远处的东西，却让脚下的机会白白地走失了。在你的身边有这种机会吗？观察一下你的周围吧。当你处理日常事务时，你是否会因为什么不便的地方而感到苦恼？也许你能想到用一种方式去解除这种苦恼。这不仅对你，而且对别人都是有益的。许多人由于满足了这种基本的需要，都已得到了可观的酬金。发明紧式发夹的人是这样，发明纸夹的人是这样，发明拉链和发明金属松紧裤带的人也是这样。看看你的周围吧！要学会观察啊！你可能会发现几亩金刚石就在你的后院里。

他人不知而己知

我们需要训练自己的观察能力，培养那种经常注意预料之外事情的心情，并养成检查机遇提供的每一条线索的习惯。

——贝弗里奇

能够观察到未来是人类大脑最壮观的成就之一。在美国佛罗里达州有一个小镇叫作温特·海芬。它周围的乡间都是耕地。确实，这儿被大多数人认为是完全不能吸引游人的地区，因为它与世隔绝。它无海滨，无高山，只有一些微微起伏的小山，在山谷中有一些小湖，此外还有一些长着丝柏的沼泽地。

但是有一个人来到了这里，他用新的眼光看待这些长着丝柏的沼泽地。他的名字是理查德·波普。波普买下这块沼泽地的一部分，用篱笆把它围住，把它创办成世界著名的丝柏花园，曾有人出价100万美元，购买这块土地，遭到拒绝。

当然，这事并非像说的那样简单。波普是以认识到必须抓住每一个机会这条真理来实理自己的目标的。

波普知道：唯有通过连珠炮似的广告这种方式，才能把游

客吸引到这么荒凉的地方来。但是广告耗资巨大，所以波普就只好做简单的宣传。他首先在摄影上做文章。他在丝柏公园开设了一家摄影器材商店，向旅游者出售胶卷，然后教他们如何拍摄花园的特殊景观。他雇请技术高超的滑水运动员，进行引人入胜的表演。演出时，他用高音喇叭向游客说明应该用什么样的相机框架拍摄这些动作。这些旅游者带回去的精彩照片就给波普做了最好的广告宣传。

披沙拣金

有心理近视问题的人只能看见鼻子底下的事物，而对更远的事物却视而不见，这样的人就是不理解计划力量的人。他不懂得用在思考上的时间的价值，他穷于应付直接面对他的一些问题，以致不能把他的心灵解放出来，对准远方，寻求新的机会，把握新的趋势，构成宏伟的图景。

波普的观察是一种创造性的观察，我们大家都应该培养这种观察能力。我们必须学会用新的眼光看待世界，观察处于我们周围的机会，并同时洞察未来，探寻把握那些机会的方法。

观察是可以学会的一种技术，但它像任何别的技术一样，必须加以练习。

松下幸之助的转机

疑而能问，就已得知识的大半。

—— 培根

这是松下幸之助创业之初的一段小故事：

松下是由生产电插头起家的，由于插头的性能不好，产品的销路大受影响，不久，他就陷入三餐难继的困境。

一天，他身心俱疲地独自走在路上。

一对姐弟的谈话，引起了他的注意。

姐姐正在烫衣服，弟弟想读书，却无法开灯(那时候的插头只有一个，用它烫衣服就不能开灯，两者不能同时使用)。

弟弟吵着说："姐姐，您不快一点儿开灯，叫我怎么看书呀？"

姐姐哄着他说："好了，好了，我就快烫好了。"

"老是说快烫好了，已经过了30分钟了。"

姐姐和弟弟为了用电，一直吵个不停。

松下幸之助想：

只有一根电线，有人烫衣服，就无法开灯看书，反过来

说，有人看书，就无法烫衣服，这不是太不方便了吗？何不想出可以同时两用的插头呢？

他认真研究这个问题，不久，他就想出了两用插头的构造。

试用品问世之后，很快就卖光了，订货的人越来越多，简直是供不应求。他增加了工人，也扩建了工厂。松下幸之助的事业，就此走上轨道，逐年发展，利润大增。

披沙拣金

你如何看待日复一日侵扰你的问题？是不是总认为这些问题非常讨厌？但最重要的是：问题越大，解决问题时所能得到的满足感就越强烈。

有创造力的人接受问题，就像欢迎一个带来更大满足感的良机。下次你碰到一个大问题的时候，请注意自己的反应。如果你拥有自信，就会感觉很好，因为你又获得一个机会来测验自己的创造力。如果觉得不安，切记，你和其他人一样，都能发挥创造力，解决问题。遭遇任何问题，都是激发创意的大好机会。

你也许梦想过一种没有问题的生活，然而，那种生活毫无意义可言。如果有一台万能的机器为你处理一切，你所有的问题就都没有了。但是这个替代方案不会吸引你放弃本来就有些问题的人生。如果你总是梦想没有问题的人生，请记住这个比喻。

熟能生巧

天才？绝对没有那种东西，有的只是用功、方法和不断地计划。

——罗丹

古代有一个人名叫陈尧咨，他的箭术精良，被喻为当时的第一神射手。有一次，陈尧咨在靶场练习射箭，旁边站着许多人观看，一个卖油的老人，挑着一副油担，也在一边冷眼旁观。陈尧咨果然射艺非凡，不但箭箭命中目标，而且力道十足，支支穿透箭靶，因此大家都一齐拍手叫好。只有这个卖油的老人微微点了几下头，表示出他并不十分佩服。

陈尧咨见状，便转头问这个卖油老人："你也会射箭么？"

"我不会射箭。"卖油老人摇着头回答说："不过，你虽然射得很好，但也没有什么特别的地方，依我看，只是手法熟练罢了！"

陈尧咨有点儿发怒了，便说："你这老头子，你既不会射箭，又这么小看人，真是岂有此理！"

"先生，请不要发怒！"卖油老人不慌不忙地说："我是卖油的，也从酌油上得了一点儿小经验，现在请你看一看吧！"卖油老人把一个盛油的葫芦放在地上，把一个铜钱放在葫芦口上，然后用油勺子将油从钱眼里沥下去。沥下了许多油，可是一点也没有沾在钱眼上。

"你看！这也没有什么特别的地方，只是手法纯熟罢了！"卖油老人抬起头来，笑着对陈尧咨说。

从此以后，陈尧咨再也不敢以射箭自夸。

披沙拣金

熟能生巧，勤能补拙。有天赋的人或许不多，但人人都有潜能。充分地发挥所擅长的，必能有所成就。爱迪生承认自己或许是天才，但那却是99％的努力加上1％的天分得来的。我们都还可以再加一把劲儿、再多努力一下。

学习永不嫌迟

人不仅是靠他生来就有的一切，而且是靠他从学习中所得到的一切来造就自己。

——歌德

从前有一个人，从一个生性懒惰、挥霍无度的人手里，买到一块田地。等到成交时已经是5月底了。以前那个懒惰的主人，在早春时分，不曾播种，不曾耕耘。许多邻近的人都去告诉这位新主人，说春天已过，除了种些蔬菜以外，种别的东西，都已太迟了。但这个有头脑的人种了些生长期较晚的谷类种子，终于获得了一次大丰收。

披沙拣金

假使你已年过三十，还没有受过相当的教育，你不必因此灰心。在人生的各方面，都有后来居上的可能。

假使你真有向上的意愿，假使真想要补偿你早年失学的损

失，你应当记住，你每天遇见的每个人，都能增进你的知识。假如遇到一个印刷工人，他能教会你许多印刷的技术；遇到一个建筑工人，他能告诉你建筑方面的技巧；一个普通的农民，有他做人、做事的经验，你能从他那里了解到许多世故和人情。

从每个可能的场所，努力汲取知识的营养，这是使人知识广博的途径。广博的知识，可以使人们胸襟广阔，不致流于狭隘、鄙陋。这样的人，能够从多方面去接触人生、领悟人生。这样的人，是饶有趣味的人。

更进一步说，人的一生，都是受教育的时期。世界就是我们的大学，我们所遇见的人，所接触的事物，所得到的经验，都是这大学中的教师。只要我们开放自己的心灵，每一分钟，我们都可以摄取许多知识。然后在空闲的时候，我们可以用深思的方法，将那些零碎的知识整理、组织起来。

分拣土豆与测容积

方法不是外在的形式，而是内容的灵魂。

——黑格尔

故事一

农民卖土豆时把土豆分成大中小三类，这样卖能赚更多的钱，但分拣土豆工作量大，不是一件容易的事。汉斯家卖土豆时从不分拣，但也能卖上好价钱，奥秘何在？原来他们先把土豆装进麻袋，然后再选颠簸不平的山路走，等到城里时，小的落在下面，大的在麻袋的上面。道理就这么简单。

故事二

有一次，科学巨匠爱因斯坦交给助手一只很不规则的曲瓶，要他立即测出曲瓶的容积。这位助手一本正经地用尺量来量去，最后还是测不准。爱因斯坦笑了，他拿过曲瓶灌满水，然后把水倒在量杯里，很快就测出了曲瓶的容积。科学家对助

手说："一个复杂的问题，可以用一个简单的方法去解决。"

披沙拣金

你知道奥卡姆剃刀的简单与复杂定律吗？即把事情变复杂很简单，把事情变简单很复杂。

有时候，方法比结论更重要。

愚者思考的特点是把简单问题复杂化，智者思考的绝招是把复杂的问题简单化。善于思考，把复杂问题简单化，这也许就是爱因斯坦之所以是爱因斯坦的原因之一吧！

凡事不要想得太复杂，只要把理所当然的事办彻底就会一切都好。好的经营哲学就是办好想当然的平常事。真理往往都是非常简单的，而且越是伟大的真理其道理越是简单。

成功的道理也非常简单，一个人要成功必须学会把复杂的事情简单化。做事的诀窍是简单、简单、再简单！

在一切哲学家那里，体系都是暂时的东西，但包含在体系中的真正有价值的方法却可以长久地启人心智、发人深思。为什么方法比结论更重要？因为一般来说，结论总不免受到时代条件的局限，它们可能随时间推移而过时，或由正确变成错误，或由整体变成局部，但正确的方法却能为人们提供独立探索的合理途径，并且能够反过来检验结论本身。

源头活水

愚人总认为自己的方法是对的。

——埃勒比

有位探险家在崇山峻岭间迷了路，身上携带的食物与饮水皆耗尽，在饥渴不已时，他四处乱闯，无意间发现了一座装有手动压杆的水井。

探险家狂喜之余，冲上前去，用力掀动压杆，眼睛死盯住出水的龙头，渴望能畅饮甘美的井水。

他上下掀动压杆许久，仍然见不到龙头流出半滴井水。由于剧烈的动作，使得原本因饥渴而疲累不堪的他，几乎虚脱而倒在地上。看来，这是一口干涸的井。

这时探险家才发现，在井的旁边有一只罐子，盛满清水。

绝望的探险家几乎不敢相信自己的眼睛，赶忙拿起罐子，正欲狂饮时，猛然看到水罐旁还有一地字迹。写着："把这些水从注水口倒进去，再摇动压杆，就可汲出井水。"探险家考虑了一下，终于忍住口渴，将那罐清水由注水口灌进去，再掀

动压杆，竟然只压了五六下，源源不绝的井水就由水龙头流了出来，到最后，甚至只需用两根指头轻摇压杆，即可轻松地打水。

探险家装满自己的水壶，也不忘将原有的水罐加满井水。同时在原来那行字迹旁又加上了一行字：

"请务必、务必、务必要相信这些字的引导。"

披沙拣金

如果你继那位探险家之后，发现那座手动水井，你愿意相信那行字迹的引导吗？阅读本书至此，你是否真的如我们所建议的，已经开始行动，着手调整自己了？

的确，正如那座老旧而平凡的井所带来的启示。不懂得运用正确的方法，即使耗尽吃奶的力气，终究还是难以成功；有智慧的人则善于借助以往成功者的经验。而成功的法则也同那井一般，同样是老旧而平凡的，只看你如何去运用它。

首先，必须真心相信前人的成功经验，无视自己极度的饥渴，舍得那罐清水，方能拥有泉涌的井水。

将水注入井中，能将深入地底的抽水管道形成真空，便于掀动把手，将井水吸出来。在成功的道路上，我们可以借由付出，使自己在通往成功彼岸的进程中，真正回归自我，减少原有的阻碍。

此外就是要不停地掀动把手，别让逐渐上升的水位再流回原处——虽然我们看不到地下管道中的水，但我们可以确知它们正在逐渐接近出水龙头。只要我们不断行动，决不在中途停止。

最后，清冽的井水终于流出，这时，你只要移动手指，便能轻松地享受成功的甘泉。而且是绵延无尽的，除非你主动终止。

这正是成功的重要法则。

小鹰之志

如果没有小石子，大石头是不会稳稳当当地躺着的。

——柏拉图

小鹰对老鹰说："妈妈，总有一天，我要做一件举世交口称赞的事。""什么事？""飞遍全球，发现前人未发现的东西。""这太好了！不过你必须学习和掌握各种飞行技术，以免疲劳时无法继续飞行。"

小鹰苦练飞行技术，专心致志，其余的事一概不闻不问。

几天过后，老鹰对小鹰说："咱们一起觅食吧！"小鹰不耐烦地说："妈妈，您去吧，我没有工夫干这种没有价值的事！"母亲吃惊地问："这是什么话？""是您让我集中精力进行训练，为什么又用这些毫无意义的小事分我的心呢？"母亲循循善诱地说："飞行训练应该包括寻找食物。否则，起飞的第一天就要挨饿，第二天就无力升空，第三天就会饿死。"

披沙拣金

许多人在疲劳或沮丧的时候，会对自己的日常工作感到迷惑："究竟我做的这一切工作有什么用处？"在这样的时刻，唯一正确的解答就是："必须坚持做好目前的工作，因为这工作与我的生存有极大的关系！"

野心勃勃的青年人，假使他能在目前的工作岗位上，把工作做好，显露出自己的价值，那么他就能向前迈进。那时候不必他自己去要求，自然会有更重要的职位送上门来，要他去担任。

世界看来似乎太大，也太复杂。我们必须记住，伟大的世界性理想，往往就从我们正在做的小事中萌芽。

成就绝非一夕之功。你不会一步登天，但你可以逐渐达到目标，一步又一步，一天又一天。别以为自己的步伐太小，无足轻重，重要的是每一步都踏得稳，这才是成功的康庄大道。如果你想成功，只要你肯为此尽心尽力，你就一定不会落空。

价值2.5万美金的纸条

你首先要知道什么是最重要的事情，然后尽力而为。

——艾柯卡

伯利恒钢铁公司总裁舒瓦普请效率专家利进行企业诊断，总裁介绍说：我们知道自己的目标，但不知怎样更好地执行计划。利说可以在10分钟内给他一样东西，这东西至少能给把公司业绩提高50%。利递给总裁一张空白纸条，让他在纸上写下第二天要做的六件最重要的事。

总裁写完内容后，利让他在纸条上用数字标明每件事对总裁及公司的重要性次序。利接着说："现在把这张纸放进口袋。明天早晨第一件事是把纸条拿出来，做第一项。不要看其他的，只看第一项。着手办第一件事，直到完成为止。然后用同样的方法做第二项，第三项……直至你下班为止。如果你只做完第五件事，那不要紧。你总是做着最重要的事。"

整个会见历时不过半个小时。几个星期后，利收到一张2.5万美元的支票和一封信。舒瓦普在信中说，从钱的观点看，那是他一生中最有价值的一课。

披沙拣金

有时，为了能做最好的事情，你要放弃一般的事情。要设立高的标准，绝对不要接受第二流的表现。

明智的舍弃实际上是一个人求进取、求发展的必要前提。一个人只有知道不能干什么，舍弃那些不切实际的追求，才能把有限的精力集中到自己能够成功的事业上。当一个人能不为世俗的微功小利煞费心机的时候，他才有可能认真思考自己真正需要的一切，才有可能避开身边无谓的争斗和纷扰，积蓄起属于自己的能量。一个不懂得舍弃之妙的人，将难以摆脱狭隘、苦闷、浮躁、浅薄和被动。而当一个人能够真正走入"舍弃"的境界时，他的眼前就是一个别样的世界。

九方皋相马

只见汪洋时就以为没有陆地的人，不过是拙劣的探索者。

——培根

秦穆公对伯乐说："您的年纪大了，您的家里，有能去寻找千里马的人吗?"伯乐回答说："好马可以从外貌、筋骨上看出来。但千里马很难捉摸，其特点若隐若现，若有若无，我的儿子们都是才能低下的人，我可以告诉他们什么是好马，但没有办法告诉他们什么是千里马。我有一个朋友，名字叫九方皋。他相马的本领，不比我差，请您召见他吧!"

于是秦穆公召见了九方皋，派遣他去寻找千里马。三个月之后，九方皋回来了，向秦穆公报告说："千里马已经找到了，现在在沙丘那个地方。"穆公问道："是一匹什么样的马呢?"九方皋回答说："是一匹黄色的母马。"秦穆公派人去取，结果是一匹公马，而且是黑色的。秦穆公非常不高兴，将伯乐召来，对他说："真是糟糕，你让我派去的那个寻找千里马的人，连马的颜色和雌雄都分辨不出来，又怎么能知道是不是千里马呢?"伯乐长叹一声说道:"他相马的本领竟然高到了这种程度!这正是他超过我的原因啊!他抓住了千里马的主要特征,而忽略了它的表面;注意到了它的本领,而忘记了它的外表。他看到他应该看到的,而没有看到不必要看到的;他观察到了他所观察的,而放弃了他所不必观察的。像九方皋这样相马的人,才真达到了最高的境界!"那匹马牵来了,果然是一匹天下难得的千里马。

披沙拣金

很多男人常常埋怨说:"陪女人买东西,既费时间,又很劳累。她们不是对花纹不满意,就是对式样百般挑剔,或者觉得虽然式样勉强过得去,可惜质料实在不行,因为各种因素而犹豫不决,结果常常空手而归。"其实,这些毛病并非只有妇女才有,一般人在工作或读书的时候,也会由于某种原因而产生迷惑。

一个人对于某事犹豫不决时,就会出现如上的迷惑或彷徨。这时候,如能针对自己的目的,抓住核心问题来研究,就可以发现一条排除迷惑的大道。如果抓住重点来研究,自然能果断地抉择,而且,以后也不会遭到别人的埋怨,自己也不会后悔。

"眼花缭乱",正是指上述的状况,但只要能有意识地视若无睹,就不会被眼前的情况所迷惑。总之,最重要的是要先抓住问题的核心,其他问题则可列为次要。

土著的"本能"

为了确实无疑地相信，必须从怀疑开始。

——斯坦尼斯劳斯

一队伐木工人进驻高山林区，由于山上的气温和平地相差极大，又得时时提防山区大雨所造成的山洪暴发，这群伐木工人一直相当注意气候的变化。

在林场的日子久了，他们和当地土著渐渐熟悉了，他们发现土著们有一种特殊的本能，能够准确地预测第二天的天气，只要土著断言第二天不会下雨，就必定是晴朗的好天气。

从此以后，伐木工人不再细听收音机的预报，改为向土著请教天气的变化，而土著也不厌其烦地每天准确预报。

伐木工人对于土著这种令人难以置信的本事非常佩服，直到有一天土著告诉他们说，再也无法预报天气了。

伐木工人大感诧异，问道："为什么不能？难道你们的本领在一夜之间全都失去了？"

土著严肃地回答："收不到——"

伐木工人更是诧异："什么收不到？"

土著："我们族里仅有的一部收音机，天线昨晚被小孩弄断了，再也收不到——"

披沙拣金

十分荒谬有趣的一则故事。我们往往在面对许多事物时，难免也会发生类似伐木工人的误解，被事物的表象所迷惑，而忽略了去探求背后真正的原则。

盲目地迷信权威，而忘了自我本质的提升，是值得我们深切注意的问题。事实上，你的内心当中，原本就存在着许多值得开发的宝藏，或许是你忙于追求外界的教导，而无暇去发掘这些完全属于自己的至宝。

例如你的善良、诚实与正直、无比的热诚、对家人亲友无私的爱、勤勉朴实的工作精神，以及无限的潜能等等。若要将你的正面潜质完全记录下来，得要一座纽约世贸中心那样的超级摩天大楼方能容纳得下所有的资料。

正确看待你自己的内在价值，将内心的宝石仔细琢磨，使之发出耀眼的光芒。每天提醒自己，告诉自己，世上最丰沛的能量，就蕴藏在你谦虚的心中。

其实你别无选择

为失策找理由，反而使该失策更明显。

——莎士比亚

美国职业篮球协会(NBA)1994 年至 1995 年赛季的最佳新秀杰森·基德说，他心目中的英雄偶像是他的父母。父母教诲他勤奋、耐心等种种美德，这种话听来可能像陈腔老调，基德却似乎真能按照这些教诲身体力行。

"小时候，父亲常常带我去打保龄球。我打得不好，总是找借口解释自己为什么打不好。我父亲说：'别再找借口了。你保龄球打不好，是因为你不练习。'他说得对。现在我一发现任何缺点便努力纠正，决不找借口搪塞。"

达拉斯小牛队每次练完球，你仍会看到有个球员仍在球场内奔跑不辍，一再练习投篮。

那就是杰森·基德，他是不找借口的。

披沙拣金

在整个企业界有一句最受欢迎的话：我们可以找借口，也可以赚大钱，但是我们无法两者兼得。

事实上，不找借口是减少忧虑的良方，也是成功和致富的有效工具。

仔细想一想，"借口"通常只是恐惧的一种表现，如："我恐怕没有时间"、"我很怕迈出我的安全区"、"我不知道人们会怎么想"、"我怕我做不到"、"我认为这不是我的本性"等等。当我们除去这些借口背后的恐惧，不再忧虑时，就会充满信心继续前进。

一个习惯找借口的人，是无法发挥他最大的潜力的。当借口浮上这种人的心头时，他会紧抓着不放，把它看得很严重，思索这个借口为何成立，然后用它做弹药来对付自己。这一切都发生得太快了，通常连当事人自己都没有察觉，这是一种自挫的习惯。只要稍微改变一下想法，就可以打破这个陋习。

事实上，每位成功人士都承认，他们也面对过自己内心的借口，例如：我累了，以后再做吧，我很害怕，或我不想做这件事。不过，这些人却能够将他们的恐惧和借口想象成可以克服、打发或至少不要看得太严重、太可怕或懒惰的想法而已。因此，他们不但没有被负面的内在对话所淹没，而且还可以将焦点集中在他们所从事的以及他们正尝试完成的事务上。

自己建造的房子

对自己忠实，才不会对别人欺诈。

——莎士比亚

有个老木匠准备退休，他告诉老板，说要离开建筑行业，回家与妻子儿女享受天伦之乐。

老板舍不得他的好工人走，问他是否能帮忙再建一座房子，老木匠说可以。但是大家后来都看得出，他的心已不在工作上，他用的是软料，出的是粗活。房子建好的时候，老板把大门的钥匙递给他。

"这是你的房子，"他说，"我送给你的礼物。"

他震惊得目瞪口呆，羞愧得无地自容。如果早知道是在给自己建房子，他怎么会这样呢？现在他得住在一幢粗制滥造的房子里！

披沙拣金

我们又何尝不是这样。我们漫不经心地"建造"自己的生活，不是积极行动，而是消极应付，凡事不肯精益求精，在关键时刻不能尽最大努力。等我们惊觉自己的处境，早已深困在自己建造的"房子"里了。

把你自己当成那个木匠吧，想想你的房子，每天，你都敲进去一颗钉，加上去一块板，或者竖起一面墙，用你的智慧好好建造吧！你的生活是你一生唯一的创造，不能抹平重建，即使生命只有一天，那一天也要活得优美、高贵，墙上的铭牌上写着："生活是自己创造的。"

不劳而获的悲哀

起初我们造成习惯，后来是习惯造成我们。

——王尔德

有一次，几头猪逃跑了。经过几代以后，这些猪变得越来越凶悍，甚至威胁过路人。几位经验丰富的猎人想捕获它们，但这些猪却狡猾得很，从不上当。

一天，一个老人驾着一辆马车，走进野猪出没的村庄，车上装的是木料和谷粒。老人告诉当地的居民说他要帮忙捉野猪。他们都嘲笑他，因为没有人相信老人能做那些猎人做不到的事。但是，两个月后，老人又回到村庄，告诉村民，野猪已经被他关在山顶的围栏里。

他向村民们解释他是怎样捕捉它们的。他说："我做的第一件事，就是去找野猪经常出来吃东西的地方，然后我就在空地中放少许谷粒当诱饵。那些猪起初吓了一跳，最后，还是好奇地跑了过来，由老野猪开始在周围闻味道。老野猪猛尝了一口，其他猪也跟着吃，这时我知道我能捕到它们了。第二天我又多加了一点谷粒，并在几尺远的地方树起一块木板。那块木板像幽灵一样，暂时吓退了它们，但是白吃的午餐很有吸引力，所以不久以后，它们又回来吃了。当时野猪并不知道，它们已经是我的了。此后，我要做的是每天在谷粒旁边多树立几块木板而已。每次我加进一些东西，它们就会远离一阵子，但最后都会再来'白吃午餐'。围栏做好了，陷阱的门也准备好了，而不劳而获的习惯使它们毫无顾忌地走进围栏。这时我就出其不意地把它们捕捉了。"

披沙拣金

这个故事是真实的，寓意很简单。一只动物要靠人类供给食物时，机智就被取走了，接着它就会遇到麻烦。人类也一样，如果你想毁掉一个人，只要在足够长的时间里给他"免费的午餐"，让他养成不劳而获的习惯就行了。

今天的成就是因为昨天的积累，明天的成功则有赖于今天的努力。

其实真正的成功是一个过程，是将勤奋和努力融入每天的生活中，融入每天的工作中。这要靠我们的意志，但更重要的是建立一个良好的生活习惯和工作习惯。一个成功的推销员用一句话总结他的经验："每天坚持比别人多拜访五个客户而已。"

写作"阻滞"

拖延会使伤口扩大。

——杰斐逊

　　戴维是一名作家，有一天，他去找心理医生，说自己是有才干的，但是不知道为什么面对稿纸时总是写不出东西来。于是，医生们就一起研究他在写作中遇到的问题。

　　戴维希望在动笔之前先产生灵感，然后再开始写作。他认为，优秀的作家总是在觉得自己精力旺盛、才思泉涌的时候才动笔。为了写出好的作品，他觉得必须"等到灵感来了"之后再写。如果那一天觉得情绪不高，就意味着那天他不能工作。

　　多产作家伍尔芙也常常碰到这种情况。他曾经自嘲地说："回想起来，我通常对付这种情况的战略是到裁缝店去订做一套衣服。光是挑选衣料就要消磨许多时间，想要逃避工作的打算也就不折不扣地实现了。接着，至少还有三次试样子的机会可以指望，何况中间还可以一趟一趟去谈谈衣褶怎么缝，钉什么样的扣子，用什么样的里衬。"

披沙拣金

对于戴维来说，泡在浴室里摆弄摆弄胡子，或者到花园里修剪玫瑰花，决不会弄出白纸上的黑字。要想完成一项工作，就得留在可能实现目标的那个地方。像戴维这种情况，他非得在打字机前面坐下来不可。

拖延是一种极坏的毛病，它深藏在人们的思想意识之中，它是人们发挥潜力的极大障碍。它的实质是因循怠惰。

拖延会锈蚀你的心灵，使你逃避现实，耽于幻想，甚至自我欺骗。人一旦陷入这种恶性循环之中，便日益懦弱，日益失去进取的勇气和自信，最终一事无成。

——立即花5分钟的时间，想一想自己拖延了哪些事情，写下所有应做而迟迟未做的事。

——立即进行其中的一件工作。把消耗在寻找借口上的精力用于你一直逃避不做的事情上。动手去做，忧愁焦虑就会消除。

——如果你感到开始时最难，给自己定下一段极短的时间来完成初步的工作。你会惊讶地发现15分钟在一眨眼之间就过去了，而你已迈出稳健的一步，可以顺利进行并完成工作了。

——少说空话，多干实事。

雪松的弯曲

争光的路径窄，退后一步，自宽平一步。

——(明)洪自诚

加拿大的魁北克有一条南北走向的山谷。山谷没有什么特别之处，唯一能引人注意的是，它的西坡长满松、柏、女贞等树，而东坡只有雪松。

这一奇异景观是个谜，许多人不知所以，一直没有令人满意的结论。揭开这个谜的，竟是一对夫妇。

那是1983年的冬天，这对夫妇的婚姻正濒于破裂的边缘。为了重新找回昔日的爱情，他们打算做一次浪漫之旅，如果能找回就继续生活，如果不能就友好分手。他们来到这个山谷的时候，下起了大雪，他们支起帐篷，望着漫天飞舞的大雪，发现由于特殊的风向，东坡的雪总比西坡的雪来得大，来得密。不一会儿，雪松上就落了厚厚的一层雪。不过当雪积到一定的程度，雪松那富有弹性的枝丫就会向下弯曲，直到雪从枝上滑落。这样反复地积，反复地弯，反复地落，雪松完好无损。可其他的树，如那些柘树因没有这个本领，树枝被压断了。西坡由于雪小，总有些树挺了过来，所以西坡除了雪松，还有柘、柏和女贞之类。

帐篷中的妻子发现了这一景观，对丈夫说："东坡肯定也长过杂树，只是不会弯曲才被大雪摧毁了。"

丈夫点头称是。少顷，两人像突然明白了什么似的，相互吻着拥抱在一起。

丈夫兴奋地说："我们揭开了一个谜——对于外界的压力要尽可能地去承受，在承受不了的时候，学会弯曲一下，像雪松一样让一步，这样就不会被压垮。"

披沙拣金

确实，弯曲不是倒下和毁灭，它是人生的一门艺术。

我们讲进退顺其自然，并不等于一切听天由命。如果退是为了以后再进，暂时放弃目标是为了最终实现目标，那么这退中本身就有进了，这种退是一种进取的策略。

俗话讲，退一步路更宽。暂时退却，养精蓄锐，等待时机，重新筹划，这样再进便会更快、更好、更有力。

有时候，不刻意追求反而可以有所得，追求得太迫切、太执着反而只能白白增添烦恼。以柔克刚，以退为进，这种曲线的生存方式，有时比直线的方式更有成效。

以退为进，由低到高，这既是自我表现的一种艺术，也是

生存竞争的一种方略。跳高，离跳高架很近，想一下子就跳过去并不容易。后退几步，再加大冲力，成功的希望可能更大。人生的进退之道就是这样。

让蝴蝶挣扎吧!

巨大的成功不会一蹴而就。我们必须一步一步地获得成功。

——史美尔斯

有一个小孩在草地上发现了一个蛹。他把蛹捡起来带回家,想看看蛹是怎样孵化为蝴蝶的。

过了几天,蛹上出现了一道小裂缝,里面的蝴蝶挣扎了好几个小时,身体似乎被卡住了,一直出不来。

小孩看着于心不忍,于是,他拿起剪刀把蛹剪开,帮助蝴蝶脱蛹而出。可是,这只蝴蝶的身躯臃肿,翅膀干瘪。根本飞不起来,不久就死了。

披沙拣金

瓜熟蒂落,水到渠成,蝴蝶必须在蛹中痛苦挣扎,直到它的双翅强壮了,才会破蛹而出。

　　人何尝不是如此，磨炼、挫折、挣扎，这些都是成长的过程。急于成功的人，别忘了哲人的一句名言：人生必须背负重担，一步一步慢慢地走，稳稳地走，总有一天，你会发现自己是那走得最远的人。

不知所终之痛

我认为许多人，他们能做时不去做，想做时却又不能做。

——拉伯雷

园丁有一匹马，它的活儿很多，而饲料却很少。于是它乞求上帝为他另找一位主人。这个愿望实现了。园丁把马卖给了陶器匠，马很高兴。不料陶器匠那儿的活儿更多，马又抱怨自己的命不好，乞求上帝再为他另找一位好主人。这个愿望也实现了。陶器匠把马卖给了皮革匠。当马在皮革匠的院子里看见马皮的时候，大声哀叹道："唉，我这个可怜虫!还不如跟着原来的主人好。看样子把我卖到这里不是要我去干活儿，而是要剥我的皮。"

披沙拣金

在人员流动率很高的社会中，到处都是一天到晚换工作的人。但长此下去，每种工作都不专精，恐怕就真要遭到当乞丐

的命运了。

从事一种工作，一定要有相当的耐力，借以培养自己对工作的兴趣。

假若常常抱着"这个工作我没兴趣"、"那个工作不适合我"的想法，久而久之，这个社会中再也不会有适合你的工作。

当然，选择工作时，必须先考虑自己的能力与个性，如果这份工作真的不能使你充分发挥才能，也需要有很大的勇气去改变处境。

但假若因无法忍受工作的辛苦，而想找另一份轻松的工作，那就永远也无法找到适合自己的工作了。

世上没有不辛苦的工作，须知："要收获，需先耕耘!"

若一心向往轻松的工作，而不停地变换，到最后将变得什么事也不想做，那当然只有靠行乞为生了。

"火药棉"是怎样发明的

能把在面前行走的机会抓住的人，十有八九会成功；但是为自己制造机会，阻绝意外的人，却稳保成功。

——卡耐基

桑拜恩是著名的瑞士化学家。他在发明烈性火药时没有实验场所，只好用自己家里的厨房，妻子为此反对他。一次桑拜恩在妻子外出时偷偷在厨房做实验，正当他在炉子上加热硫酸和硝酸混合液的时候，听到妻子回来由远而近的脚步声，他赶紧把实验器皿收起来，情急之中，把一只装酸的玻璃坩埚打破了，酸液流消满地。为了不让妻子发现，他顺手拿起妻子的棉布围裙，把炉子和地板上的酸迹揩尽。后来，他用水洗了围裙，挂在炉子上烘干，只听"噗"地一声，围裙着火，烧得一干二净，却没有一丝烟雾。桑拜恩见此大受启发，脑子豁然开朗，于是发明了"火药棉"。

披沙拣金

"火药棉"的发明纯属偶然，但在偶然性的后面存在着必然性。

机会，只会悄悄地跟随那些可以认清它们并准备随时拥抱它们的人。

对于人性，有一种耐人寻味的说法是：有些人可以看到"机会"，有些人却只看见"问题"。当我们训练自己的思想去找寻机会时，我们会发现，每一天我们生活中的机会，远超过我们可以利用的。机会就在我们的四周。机会会自动上门，而不是靠我们费力地找寻，我们最大的问题在于：如何从中选取一个最好的。

当机会出现，我们要确定自己是否准备好去掌握它时，第一个步骤就是要先确知自己的实力，我们要像检验陌生人的证件般仔细地评估自己的长处和弱点。确认自己的专长和需要改进之处，改正弱点。当我们发现机会出现时，就可以通过积蓄已久的力量发挥所长。

永远别说这个世界没有给我们机会，我们还必须创造机会。每个人在生命的每个阶段，都会有很多机会。这些机会可能不是我们所喜欢的，但是，我们所利用的每个机会，都会为我们带来更大更好的机会。

那些以无比热情看待自己工作和事业的人，总能发掘无穷的机会；相反地，那些抱怨没有人给他们机会的人，就只能错失良机。当我们下定决心不再让他人替我们决定未来，不再让暂时的挫折击倒时，我们就注定会成功，机会也将伴随在我们左右。

棉花麻布黄金

不要坐失机会，当时机把有头发的头伸出来而没有人去抓时，回头它便会伸出一个秃头来。

——莎士比亚

两个贫苦的樵夫靠上山捡柴糊口，有一天在山里发现两大包棉花，两人喜出望外，棉花的价格高过柴薪数倍，将这两包棉花卖掉，足可供家人一个月衣食无虑。两人各自背了一包棉花，便欲赶路回家。

走着走着，其中一名樵夫眼快，看到山路上有一大捆布，走近细看，竟是上等的细麻布，足足有10多匹之多。他欣喜之余，和同伴商量，一同放下肩负的棉花，改背麻布回家。

他的同伴却有不同的想法，认为自己背着棉花已走了一大段路，到了这里丢下棉花，岂不枉费已付出的辛苦，坚持不愿换麻布。发现麻布的樵夫只得自己竭尽所能地背起麻布，继续前行。

又走了一段路后，背麻布的樵夫望见林中闪闪发光，待近前一看，地上竟然散落着数罐黄金，心想这下真的发财了，赶忙邀同伴放下肩头的麻布及棉花，改用挑柴的扁担来挑黄金。

他的同伴仍是那套不愿丢下棉花，以免枉费辛苦的论调，并且怀疑那些黄金不是真的，劝他不要白费力气，免得到头来一场空欢喜。

发现黄金的樵夫只好自己挑了两罐黄金，和背棉花的伙伴赶路回家。走到山下时，无缘无故下了一场大雨，两人在空旷处被淋了个透湿。更不幸的是，背棉花的樵夫肩上的大包棉花，吸饱了雨水，重得完全无法再背，那樵夫不得已，只能丢下一路辛苦舍不得放弃的棉花，空着手和挑金的同伴回家去。

披沙拣金

面对机会的来临，人们有许多不同的选择方式。有的人会单纯地接受；有的人则抱持怀疑的态度，站在一旁观望；有的人顽强得如同骡子一样，固执地不肯接受任何新的改变。而不同的选择，当然导致截然迥异的结果。成功的契机在初始时未必能让每个人都看得到它的雄厚潜力，初始时的抉择正确与否，往往决定了成功与失败的分野。

在人生的每一个关键时刻，要审慎地运用你的智慧，做出最正确的判断，选择属于你的正确方向。同时别忘了随时检视自己选择的角度是否有偏差，适时地给予调整，千万不能像背棉花的樵夫一样，只凭一套哲学，便欲强行通过人生的所有

关卡。

　　要时刻留意自己所执着的意念，是否与成功的法则相抵触。追求成功，并非意味着你必须全盘放弃自己的信念而来迁就成功法则，只需在意念上做合理的修正，使之切合成功者的经验及建议，即可走上成功的轻松之道。

　　再一次提醒你，放弃无谓的固执，冷静地用宽广的心胸去做出正确的抉择。每次正确无误的选择都将指引你走在通往成功的坦途上。

如果有50%的希望

最大的问题在于：你是否能够对你的冒险衷心说"是!"

——约瑟夫·坎普贝尔

一个房产开发商多次冒险投资都以赢而告终，开发商说，他之所以屡屡得手，主要是他敢于冒险。他在选择一个投资项目时，如果别人都说可行，这就不是机会——别人都能看见的机会不是机会。他每次选择的都是别人说不行的项目，只有别人还没有发现而你却发现的机会才是黄金机会，尽管这样做很冒险，但不冒险就没有赢，只要有50%的希望就值得冒险。

披沙拣金

不要等到万事俱备以后才去做，永远没有绝对完美的事。如果要等所有条件都具备以后才去做，只能永远等待下去。

等待会放走机会。别人都能看出来的机会不是机会。

有四样东西一去不返：说过的话、泼出的水、虚度的年华

和错过的机会。

利用的机会越多，创造的新机会就越多。你有属于自己的、独特的位置和工作。要找出你的位置，占据你的位置。弱者等待机会，强者创造机会。人的一生中，幸运女神至少光临过一次，当她发现人们没有做好迎接她的准备时，她便从门进来，从窗子出去。不要等待千载难逢的机会，要抓住平凡的机会使之不平凡。成功和失败只有一线之隔，不经意中我们就会跨过界线，而我们也常常站在这界线上，自己却浑然不知。对于许多人来说，只要他们再付出一点努力，再多一点耐心，就会取得成功，而往往在这紧要关头他们却无可奈何地前弃了。

哪粒种子更安全

人类之所以局限于自己缺乏的事物，主要是因为无法追求高目标的结果。

——艾伦·贝克

春天到了。两粒种子躺在肥沃的土里，开始了下面的对话。

第一粒种子说："我要努力生长！我要向下扎根，还要'出人头地'，让茎叶随风摇摆，歌颂春天的到来……我要感受春晖照耀脸庞的温暖，还有晨露滴落花瓣的喜悦。"于是它努力向上生长。

第二粒种子说："我没那么勇敢。我若向下扎根，也许会碰到硬石。我若用力往上钻，可能会伤到我脆弱的茎。我若长出幼芽，难保不会被蜗牛吃掉。我若开花结果，只怕小孩子看了会将我连根拔起。我还是等安全些再做打算吧。"

于是它继续瑟缩在土里。

几天后，一只母鸡在庭院里东啄西啄，这粒种子就这样进

了母鸡的肚子。

披沙拣金

有许多人在做某事之前，必先证实其安全无虞之后再着手进行，最后却往往连最根本的事也没做。

虽说决定要做的事，便要努力做到百分之百的成功，但是当事者是否愿意去做，毕竟比事前的预期及计划重要多了。

相对于实践型及做事有始有终的人，神经质的人往往在没有机会做下去时便停滞不前。

一般而言，机会是稍纵即逝的，然而，即使机会摆在某些人眼前，也不知该如何掌握。这种情形与其说是慎重，不如说是胆怯，因为慎重的人不会有神经质的不安现象，而胆怯者则相反。胆怯者往往在确认安全性之后，在要采取行动时，又退却不前。

以金钱为例，相信每个人都不愿有金钱上的损失，然而，任何一种事业的投资，都无法保证盈利。不敢在金钱上下赌注的人是不可能赚到钱的，有风险才会有利润。

鲶鱼效应

承受压力的重荷，喷水池才喷射出银花朵朵。

——佚名

人们捕沙丁鱼，活的能卖高价，死的只能低价出卖。内地离海边较远，要把沙丁鱼活着运到内地比较困难。有个船长很有本事，他每次都能把沙丁鱼活着运到内地，个中奥妙别人无从得知。

船长死后，别人弄清了他运鱼的奥秘。原来他在鱼槽里放进一条鲶鱼，鲶鱼四处游动，引起沙丁鱼紧张。沙丁鱼拼命挣扎，结果抵达港口时还是活的。

披沙拣金

坏消息是，这个世界给我们的压力太多了；好消息是，我们能够学会有效地应付压力。

绝对的保险是没有的，也没有决不失败的计划，没有绝对

可靠的设计，没有全无风险的安排。人生绝不可能那么完美，人的一生充满压力。

每个人对压力的反应各不相同：有些人被压力压垮，有些人则借压力刷新世界记录。

百密一疏

我们唯一要怕的，就是"怕"这个字。

——罗斯福

一位胆小如鼠的骑士将要进行一次长途旅行，于是他竭力准备好各种装备去应付旅途中可能遇到的各种问题。他带了一把剑和一副盔甲，为的是对付他遇到的敌手，一大瓶药膏为防太阳晒伤皮肤或毒藤刮伤皮肤，一把斧子用来砍木柴，此外，他还带了一顶帐篷、一条毯子、锅、盘子以及喂马的草料。他出发了——叮叮、当当、咕咕、咚咚，好像一座移动的废物堆。

他走到一座破木桥的中间，桥板突然塌陷，他和他的马都坠入河中，淹死了。临死前那一刻，他很懊悔，他忘了带一个救生筏。

披沙拣金

不敢冒险的人力图在熟悉的格局中小心翼翼地求生，可是

在这一成不变的生活方式中他们毫无乐趣可言。相反的，他们感到厌倦无力、寂寞无聊、无从发展而且惴惴不安。他们不清楚怎样才能成功，但他们确知怎样避免失败。安全是他们生命中的主要目标，至于工作的乐趣，甚至生活的乐趣，已被减少到能够维持生存即可。

过分谨慎其实等于拿幸福和成功做赌注，绝对安全是一则神话。唯一能够获得绝对安全的只能是躺在棺材中，埋在地底下的人。

人生注定充满了危险，自限于安全与熟悉的樊笼，也就削减了享受乐趣的机会。唯有破除陈规旧习，才能敞开心灵，享受人生，否则便与行尸走肉相差无几。

命运加给我们的困难艰辛，我们即使在最狂乱的梦境中也难以预想。怀有一种坚定的信念毅然前行的人，其生命的旅行才会更轻捷、更稳健。

苦难3000年

困难越大，战胜困难就越荣耀。

——莫里哀

很多年前，考古学家在发掘埃及古墓的时候，偶然在一片碎木下发现了一些植物种子。经过栽培，3000年前的种子竟然生根发芽，茁壮生长。而芸芸众生——当他们尚未认识到自己的潜能时——难道注定要在失败的阴影和绝望的幽暗中终其一生吗？难道人们心怀希望的种子、成功的渴求，就不能冲破逆境与不幸的铁甲吗？

披沙拣金

在克里米亚战役的一次战斗由，一枚炮弹把战区中一座美丽的花园炸毁了，但是在那被炮弹炸开的泥缝中，却发现有泉水在喷射。从此以后，就有了永久不息的喷泉。不幸与忧患，也能将我们的心灵炸破，而在那炸开的裂缝中，会有新鲜的痛

楚和欢愉，不息地喷射出来。

有许多人不到穷途末路，就不能发现自己的力量。一位著名的科学家说：当他遇到一个似乎不可逾越的难题时，他知道，自己快要有新的发现了。

鸷鸟的羽翼稍一丰满，母鸟就立刻将它们逐出巢外，让它们做空中飞翔的练习，以便日后能成为猛禽中的君主，捕猎的能手。

凡是环境不顺利，到处被摒弃、被排除的青年，往往到后来能够拥有坚实的事业。那些从不曾遭遇任何困难险阻的青年，却总是一事无成。

"自然"给人一分困难，同时也给人一分智力。

阻碍不是我们的仇敌，而是恩人。因为这可以锻炼我们克服阻碍的能力。森林中的橡树，如果不经过与暴风雨的千百次搏斗，树干就不能长得十分结实。同样，人不遭遇种种阻碍，他的人格、本领，也不会长得结实。所以一切的磨难、忧患与悲哀，都足以助我们成长，锻炼我们的意志。

一个大无畏的人，越为环境所逼迫，就越加奋勇。"命运"不能阻挡这种人的前程。忧患、困苦不足以损害他，反而足以增强他的意志、力量与精神。

贝尔赢了120分钟

效率，在现代社会里是维持人们生活的必备条件。其主要组成因素：一、时间；二、金钱；三、自尊心。

——本田宗一郎

贝尔在研制电话时，另一个叫格雷的人也在试图改进他的装置。

两个人同时取得了突破。但贝尔在专利局赢了——他比格雷早两个小时申请了专利。

贝尔因这至关重要的120分钟而一举成名，而格雷却抱憾终生。

披沙拣金

效率就是生命。做任何事情的标准。就是零缺点、零故障，这是对成功者的要求，也是获取成功的不二法门。

提高效率等于延长一个人的生命。效率也是检验一个人专业化程度和熟练程度的重要标准。

伏尔泰的问题

人都是时间的消费者，但大多数人却是时间的浪费者。

——波德·F·杜拉克

伏尔泰是法国著名的思想家和作家。他在其中篇小说《查第格》中，讲了这样一则既有趣又颇发人深省的故事，内容是这样的：

凡参加国王竞选的人必须回答一个问题，即："世界上哪样东西是最长的又是最短的；最快的又是最慢的；最能分割的又是最广大的；是最不受重视的又是最令人惋惜的；没有它，什么事都做不成；它使一切渺小的东西归于泯灭，使一切伟大的东西生生不息？"聪明的查第格做出了圆满的回答："最长的莫过于时间，因为它永远无穷无尽；最短的也莫过于时间，因为我们所有的计划都来不及完成；对于寻欢作乐的人，时间是最快的；而对于等待的人，时间则是最慢的；时间可以分割成无穷小，又可以扩展到无穷大；时间在当时谁也不知道重视它，过后却谁都表示惋惜；没有时间，世界上什么事情都不可能做成；对于一切不值得后世纪念的，会随着时间的推移使人淡忘；而对于一切堪称伟大的，时间能使其永垂不朽。"

披沙拣金

把一本书摆在化妆台上，就可以在涂清洁面霜和洗除化妆的时间里读完许多书。

浪费时间比浪费金钱还要悲惨。金钱失去了还可以赚回来——时间，是永远不会回来的。

以下这些规则，将会帮助你在宝贵的时间里发挥出更大的潜能：

——把你每天使用时间的方式做个忠实的反省。这个工作至少要做一个星期，看看你的时间浪费到哪去了。

——每星期为下一周做一次每天的时间计划表。为每天的工作安排一段合理的时间，可以消除神经紧张和混乱。

——设计好省时省力的办法。

——好好利用你每天"浪费掉的时间"，马上开始做一些从没时间做但确有价值的事情。

——学会如何聪明地买东西，以节省逛街的时间。

——在你工作的时间里，要避免不必要的工作中断。

在你的生命世界里，还有没有使用的时间。这些时间是你的，是你最珍贵的财产。我们将永远得不到更多的时间。我们拥有，事实上很早就有了每天的24小时。

因为你无法长生不死

人欲缓而时不待。

——富兰克林

老工人欧马心怀梦想，并曾在梦中目睹死神。有一天，他跑到主人那儿，要求给他一匹跑得最快的马，以逃避死神的魔掌。于是，主人给了他一匹健步如飞的马。欧马不眠不休地骑了整整三天，快马加鞭地拼命奔跑。三天后，前面出现了七条岔路，他先挑了最右边的那条路，但不久就改变主意，接着，他挑了最左边的那条路，不久又反悔了，就这样来来回回地跑了好久，最后才选定左侧的一条路，并飞快地向前奔驰。他骑着马跑了大约几公里后，死神终于出现，并说："欧马呀，欧马，你为何让我苦苦等了三天？"

✒ 披沙拣金

这个故事的寓意在于：你能逃避、能躲藏、能绕道、能回头，但却无法长生不死。

不要以为你的一辈子很长。回想过去的日子，是不是"恍如昨日"？

年龄是人类的大敌，它不用向你挥戈举剑，你终要乖乖地向它弃剑投降。换句话说，不管你愿不愿意，满不满意，时间到了，你便要离开这个世界，这是属于生物的人类的必然结局，谁都逃不掉!

如果你尚年轻，那么千万要有"时间无情"的认识，浪费时间很容易，挽回时间却连神仙也做不到。因此，在你年轻的时候，就应该：

——做好一生的规划!

——为自己的未来打好基础!

——善用你的每一天。

能够这样，生命虽短，但必然充实。当你白发苍苍时，就可享受收获的喜悦，而不会感到一生白活。

"你是卑劣的运动员"

每个人都需要向导。

——巴士卡里雅

在绿湾橄榄球比赛的训练期间，蓝伯第队的情况并不怎么顺利。蓝伯第换下一位身材高大的后卫，因为他屡屡失误而不得不让他退出比赛。教练把后卫叫下来，很威严地训诫他："孩子，你是一个卑劣的运动员。你没有阻挡对方，没有跟对方交锋，没有全力奋战。事实上，你今天已经全完了，快回去冲个澡吧！"这位高大的后卫点点头，然后走进更衣室。45分钟后蓝伯第走进来时，他看见高大的后卫坐在他的柜子前面，仍然穿着他的运动服，正静静地低头啜泣。

这位善于改变人性，富于同情心的教练，走到后卫那里。手臂环绕在对方肩膀上。"孩子，"他说，"告诉你真相吧，你是一个卑劣的运动员。你没有阻挡对方，没有跟对方交锋，没有全力奋战。然而凭良心说，我应该告诉你，你自己的内心里有一个伟大的橄榄球运动员，我正要紧紧地抱住你，直到你内在的伟大的橄榄球运动员有机会出来，并且声称他是一位伟大的橄榄球运动员为止。"

这些话使那名后卫——杰瑞激动万分，事实上，他最后成为橄榄球界的杰出人士之一，还荣获职业橄榄球界最近50年杰出后卫的称号。

这就是蓝伯第的本事。他能帮助年轻人发挥内在美好的一面。结果，这些运动员连续三年为蓝伯第赢得世界杯橄榄球冠军。

披沙拣金

每一位成功人士，生命中都至少有一位良师益友，而且他们对这位良师益友都非常感激。

在今天这个时代，人们没有时间也不需要从头开始，我们不必重新发明那些已经存在的事情，我们可以向他人学习。

在你的一生中，你需要导师的协助，他们会帮助你实现理想、完成目标。尽管态度、方法有所不同，但他们都是相信你、支持你的人。

接受他们对你的帮助，不要拒绝，不要小看这些助力。珍视他们的言行，并向他们学习。

大多数人都认为自己不需要一位教练，而且大部分人也不喜欢听教练的话。但是当我们回顾过去，我们会发现那些对我们最严厉、要求最严格的人，往往对我们的一生有关键性

的影响。

俗语说：如果你要牵走一头驴，红萝卜的效果比皮鞭更好。这也许是真的，但如果我们最终的目标是追求完美，红萝卜和皮鞭一样重要。你可以用红萝卜诱使一头驴离开悬崖边，但在真实的人生中，"皮鞭"往往更能为我们引导方向，而不仅是鞭挞我们移动位置。两者我们都需要——前进的动机与正确的方向。

要成功必须与成功者在一起

如果我所见的比笛卡儿远一点，那是因为我站在巨人肩上的缘故。

——牛顿

鲍伯·查理兹是奥运会金牌得主。他说，在体育界，有不少提携后进，或是互相帮助的故事，他就是其中的受益者。

他经常参加各种商业座谈会，感觉受益匪浅，各行各业的精英会现身说法，传授他们的技巧和方法。他曾见过一位极富经验的推销员，向年轻人倾囊教授看家绝活，有了内行人的指点，常能达到事半功倍之效。

那年他一心想打破德屈·渥门丹的纪录，但成绩总是少他3厘米。后来他打电话向德屈求教："德屈，你能帮帮我吗？我似乎碰到了瓶颈，成绩一直无法突破。"

德屈很干脆地回答："没问题，鲍伯，我可以给你一点儿意见。"于是连续三天，他接受这位撑杆跳高手的指导，德屈毫不保留自己的技艺，并纠正鲍伯错误的动作。最后，鲍伯的

成绩增加了8厘米，这全得归功于德屈指导有方。

披沙拣金

　　成功者自有成功者的道理，要想学习成功者，你必须想办法接近成功者，并与成功者在一起。只有这样，你才能真正学到成功者的思维方式和经验。

　　成功的道理很多，有些是能写到书上的，还有很多是无法写到书上的，要学习那些无法写到书本上的真经，必须与成功者在一起。

　　真正有成就的人，是不会计较与人分享经验的，他们会乐于传授成功的秘诀。我们应该积极和这些人接触，或是打电话请教，或是阅读他们的著作，或是试着接近他们与之交流。这些成功者的经验和指导将会使你受益良多。

在权威面前

一个确信自己掌握了真相的人，是不会在乎别人的反对或认可的。

——欧文·斯通

世界著名交响乐指挥家小泽征尔在一次欧洲指挥大赛的决赛中，按照评委会给他的乐谱在指挥演奏时，发现有不和谐的地方。他认为是乐队演奏错了，就停下来重新演奏，但仍不如意。这时，在场的作曲家和评委会的权威人士都郑重地说明乐谱没有问题，而是小泽征尔的错觉。面对着众多音乐大师和权威人士，他思考再三，突然大吼一声："不，一定是乐谱错了！"话音刚落，评判台上立刻报以热烈的掌声。

原来，这是评委们精心设计的圈套，以此来检验指挥家们在发现乐谱错误并遭到权威人士"否定"的情况下，能否坚持自己的正确判断。前两位参赛者虽然也发现了问题，但终因趋同权威而遭淘汰。小泽征尔则不然，因此，他在这次世界音乐指挥家大赛中摘取了桂冠。

披沙拣金

当你下定决心实现你的梦想时，小心我所知道的最危险的人：专家。专家通常对你打算去做的事(或希望成为的人)毫无所知，但他们会说服你这是永远不可能做到的。他们会告诉你千百个理由，都只是要说明为什么你决意要做的事无法运作而且不能实现。

一开始你不知道要如何进行你的构想，你既然能有此构想，它就应该是可行的。而且如果你坚持这个构想，并能多次尝试，你会发现它确实可行。

这也适用于你任何新的创意。如果你能预想你完成创意时的情景，现实中就一定有完成它的方法，如此一来，你就不会因为不知道"如何"完成这个想法而裹足不前。你可能会花上数星期、数月、甚至数年的时间去思考"如何"去做，也许要尝试许多方式，但如果你执着于你的目标和理想，你终究会发现实现理想的途径。

专家很少会仔细研究创意的可行性。到处都充斥着这样的声音："不要试了，这只会伤害你自己。"或"你将会受到挫折并感到失望。"

大多数时候当人们告诉你他们并无恶意时，他们的确如此深信着。但如果你饥饿时，你最好的朋友无意中喂你毒药，你仍然会死亡，即使存在着他是你好朋友的这个事实。同理，面对你的创意和梦想时，最具善意的人可能喂你吞下足以扼杀创意的毒药，但他却始终认为帮了你一个大忙。这就看你是否能坚定信念，拒绝毒药，而保有自己的创意。

赞美的威力

使一个人发挥最大能力的方法，是赞赏和鼓励。

——卡耐基

　　有一个女孩，5岁就开始登台演唱。她有着优美的歌声，她的天才从一开始就显现无疑。长大后，她的家人请了一个很有名的声乐老师来训练她，这位老师造诣很深，而且苛求完美。不论何时，只要这女孩一想到放弃或节奏稍微不对，他都会很细心地指正。经过一段时间后，她对老师的崇拜日益加深，并不顾年龄的差距嫁给了他。婚后他还是她的老师，但是她的朋友们发现她那优美自然的歌声已有了变化，声带拉紧、硬邦邦的，不再像以前那样动听。渐渐地，邀请她去演唱的机会越来越少。最后，几乎没有人邀请她了。而这时，她的丈夫，也是她的老师去世了。此后几年，她很少演唱，她的才能似乎枯竭了，直到有一位推销员追求她。每当她哼着小调，或一个乐曲旋律时，他都会惊叹歌声的美妙。"再唱一首，亲爱的，你有全世界最美的歌喉。"他总是这样说。事实上，他并不确知她唱得好不好，但是他确实非常喜欢她的歌声，所以他一直对她大如赞扬。她的自信心开始恢复了，她又开始前往世界各地演唱。后来，她嫁给了这位"良好的发现者"，又重新开始了成功的歌唱生涯。

披沙拣金

每个人实际上都有比较优秀的部分和希望得到他人承认的部分。如果我们称赞他比较杰出的部分，当然令对方感到高兴，但是令对方更高兴的是，他在他人的赞美中树立了自尊心和自信心。

有人说赞美不过是些空气而已，那位销售员对女孩的称赞出于诚挚、真心，事实上这是最有效的教导与驱动，它能为人们解决人生高速公路上的一些疑难问题。当一个人承认自己的能力时，就容易认可其他人的能力，从而，也帮助他们了解自己。

地狱天堂之差

人们生来就应当互相帮助，正如身体的各部分应当共同为身体服务一样。

——安东尼

有一个人被带去参观天堂和地狱，以便比较之后，能聪明地选择他的归宿。他先去看了魔鬼掌管的地狱，第一眼看去，他十分吃惊，因为所有的人都坐在酒桌旁，桌上摆满了各种佳肴，包括肉、水果、蔬菜。

然而，当他仔细看那些人时，却发现没有一张笑脸，也没有伴随盛宴的音乐或狂欢。坐在桌子旁边的人看起来闷闷不乐，无精打采，而且都瘦得皮包骨。每个人的左臂都捆着一把叉，右臂捆着一把刀，刀和叉都有4尺长的把手，根本不能用它夹起食物，所以即使每种食物都在他们手边，他们就是吃不到，一直在挨饿。

然后他又去天堂，看到的是完全一样的情景……同样的食物、刀、叉与那些4尺长的把手。然而，天堂里的居民却都在唱歌、欢笑。这位参观者困惑了。为什么情况相同，结果却如此不同？地狱里的人都因挨饿而痛苦，可是天堂里的人却健康而快乐。最后，他终于到了答案。在地狱里的每个人都试图喂自己，可是用那些长把的刀叉根本无法把食物送到自己嘴里。在天堂的人却都在喂对面的人，因为互相帮忙，结果帮助了自己。

披沙拣金

我们可能尝试，但却不可能改变"黄金定律"。宇宙至高无上的因果法则包含着一切真理。无论我们投注什么样的能量——一个想法、一句话或一次行动——最终都会如"回力捧"一般回归到我们身上。我们传送到世上的正面和负面能量，都如雪球般滚回来，并更深地影响我们自身。

我们撒下爱的种子，就收割爱；撒下恨的种子，则收割恨。这是个简单的概念，简单到许多人错知其深奥的意义。这一原则是决定我们在生命中收获什么的理由。

如果你帮助其他人获取所需，你也会因此得到帮助。你帮助的人越多，得到的帮助也越多。

最佳拍档

合作，不仅是一种工作而已。事实上，我相信合作是一切团体繁盛的根本，而要达成合作，唯有参与。

——大卫·史蒂尔

故事一

加拿大雁有一种合作的本能，它们飞行时都呈现 V 型。这些雁飞行时定期变换领导者，因为为首的雁在前面开路，能帮助后面的两支队伍形成局部的真空。科学家发现，雁以这种形式飞行，要比单独飞行多出 12% 的距离。

故事二

过去，阿伦和阿皮的经济状况都不好。阿伦是一位超级房地产商人，很有艺术眼光。虽然他可以在商洽购买建筑用地时讨价还价，但他在建造传统住宅方面没有任何代表作品。阿皮是一流的建筑商，可是他无法拓展自己的事业规模。他总是无法选准适合的建筑用地，也没有勇气去做个强硬的谈判人。他们两个人合作了，从一开始，这对合作伙伴就像天作之合。合伙第一年，对于他们个人来说都是有史以来最成功的一年。他们当然必须分享利润，可是他们的技术结合之后却增加了四倍的生产力。关键在于，合伙关系使他们完成了无法单独进行的事。如今，阿皮整天忙于营造传统住宅，这正是他最在行的事。阿伦则是谈判高手，忙着购买未来的建筑用地、设计、转包以及洽谈材料价格。虽然听起来不可置信，他们的结盟却能完成美丽的传统住宅，而且从头到尾只需花几个月的时间。这就是一组最佳拍档。

披沙拣金

如果能把容易的事情变得简单，把简单的事情变得很容易，我们做事的效率就会倍增。合作，就是简单化、专业化、标准化最重要的一个关键，也就是集合众人的力量，完成更大的事业，服务于我们的顾客。

合作可以产生一加一大于二的倍增效果。在诺贝尔奖设立的前25年，合作奖占41%，而现在则跃居80%。

错误的伙伴——工作上的或个人的——可能比没有伙伴更糟。最佳拍档的价值等同于黄金的重量。不过，有时候，恐惧会阻止我们去寻找最佳拍档，许多人担心他们必须跟别人分享利益、决策权以及随着计划或生意而来的特权。最好的办法就

是克服这个恐惧。

决定一个拍档是否适合我们，有几个重要的考虑因素。如果合伙中的成员基本上都做同样的事，那么，不可避免地，成员的投入程度不会均等。久而久之前进速度较快的人会开始抱怨自己总是拉着另一个人前进。同样地，被拉着走的那一方也会不满于另一个人的催促。这通常不是最佳拍档。

比较理想的方式是每个伙伴都可以提供不同的专业技术和贡献。一个擅长细节的计划，另一个擅长促销和公开演讲。或者一个擅长企业管理，另一个擅长市场行销。一对好的拍档就好比一桩天作之合的姻缘——必须小心挑选。如果我们能结合正确的技术、工作伦理和视野，就可以组合出最佳拍档。

我们或许是地球上最有才华的人，可是在找到一个出色的合伙人之前，我们可能无法展露这份才华。不要浪费精力去做每件事情，我们的新伙伴们可以负责他们最拿手的部分。

有所为而为

欲显示你的价值，非把你服务的精神加倍供给世人不可。

——亨利·福特

住在一家美国旅馆里的一位旅客从楼上急匆匆地下来，到了大厅里的收款台前结账，距离开火车的时间只剩下 15 分钟了。突然，他想起还有一些东西忘记在房间里。

"喂，招待！"他对旅馆招待员说，"跑上去看一下我是不是把一包东西忘在那里的桌子上了？快点！"

招待员跑上楼去了。5 分钟过去了，这位旅客在客厅里走来走去，样子很生气。最后那个招待员空手回来了。

"是的，先生，"他回答那个旅客，"你把你的包裹留在那里了，它确实在你房间的桌子上。"

披沙拣金

这个故事没有告诉我们这位招待得到了什么样的回报，但

可以想象，他会挨一通臭骂，也许还会饱尝老拳，甚至会因旅客的投诉而卷铺盖回家。可怜的是，他其实并没有做错什么事，仅仅是缺少了那么一点主动服务的精神。

我们出来做事，要有服务的精神，尽量能够做多一点，做好一点，主动一点。

工作不是仅仅为了报酬，还应有一种责任感和使命感。

当你的雇主和顾客，或是朋友、父母，要求你做一点工作的时候，这是你表现服务精神最好的机会。

要做多一点，做妥当一点，多过他们所希望或要求的，这就是所谓多行一里的精神。

当别人要求你和他行一里路时，你却和他行两里路，这种服务精神，渐渐地会使别人留意，甚至感激你的工作态度，给你一种精神上的满足，为你带来发挥你才能与服务精神的机会。

许多公司内职位较低的员工，都是采取"一个命令、一个动作"的工作态度，但公司并不是军队，不需要这种"等待命令型"的员工。

这样的员工会养成"有所为而为"的工作态度，或是只做自己喜欢的工作。有些年轻人会说：只要让我做我喜欢的事，我会做得比别人更卖力。"这句话听起来好像没有什么不对，但是所谓"世上不如意事，十有八九"，不合自己心意的事就不做，到最后根本就没有一件事是自己想做的。"一个命令一个动作"的工作态度使人们早上懒洋洋地走进办公室，然后就开始等吃午饭，吃了午饭又嫌午休时间太短，到了下午就期待着早点下班，这样的员工如何能够委以重任!到最后，主管不是把工作交给别人做，就是自己来收拾残局。

当你在评价自己的工作态度时，你自以为："比起那个家伙，我可是努力多了!"但在别人的眼中则不尽如此，因为你俩都是差劲的员工，并没有多大差别。

改变这种情况唯一的方法就是让周围的人认同你的努力。平常在办公室不要抱着电话就讲个没完没了，也不要没事就东走西逛，你必须学会找一些对工作有益的事做，这样才能赢得周围人的认同。

船王的儿子

要通过各种经验并向错误学习来达到目的。

——《科学名言集》

有位船长有着一流的驾船技术，他曾驾着一艘简陋的帆船在台风肆虐的大海中漂泊了半个月，最终死里逃生。后来，他有了一艘机轮船，又多次驾驶着它行程几千里，并到过海洋的纵深处。渔民们都称他为"船王"。

船王有一个儿子，是他唯一的继承人。船王对儿子的期望很高，希望儿子能掌握驾船技术，开好他置下的这条船。船王的儿子对驾驶技术学得也很用心，到了成年，他驾驶机轮船的知识已十分丰富。船王便很放心地让他一个人出海。可是，他的儿子却再也没有回来，还有他的船。

他的儿子死于一次台风，一次对于渔民来说微不足道的台风。

船王十分伤心：我真不明白，我的驾船技术这么好，我的儿子怎么会这么差劲？从他懂事起我就教他如何驾船，从最基本的教起，告诉他如何对付海中的暗流，如何识别台风前兆，又如何采取应急措施。凡是我经年积累下来的经验，都毫不保留地传授给他了。可是，他却在一个很浅的海域内丧生了。

渔民们纷纷安慰他。可是，有位老人却问："你一直手把手地教他吗？"

"是的。为了让他掌握技术，我教得很仔细。"

"他一直跟着你吗？"老人又问。

"是的，我儿子从来都没有离开过我。"

老人说："这样说来，你也有过错啊。"船王不解，老人说："你的过错已经很明显了。你只传授给他技术，却不能传授给他教训。对于知识来说，没有教训做根基，知识只能是纸上谈兵。"

披沙拣金

有个人抱怨上帝从不对他说话，他对朋友说："上帝为什么不像对其他人一样，给我一些启示？"他的朋友答道："但上帝确实会试着跟你沟通呀！你的错误及从中得到的教训就是他给你的信息。"

错误是生活对我们言行的回馈。成功者犯的错误远比失败者多，这就是成功的原因，他们因尝试更多种可能性而得到更多回馈。失败者最大的问题就是，他们把犯错看得太严重，忽视了从中得到的教训也有它积极的一面。

我们从失败中学到的远比成功时学到的多。失败时，我们会思考、分析、重组、计划新策略；成功的时候，我们只不过庆祝一番，学不到什么！这是一个欢迎错误发生的理由。

不要把错误当成真正的错误，我们应该预期、判断错误的发生，把它当成学习过程的一部分。同时，只要别太在意自己。容忍错误也就容易得多。其实，失败并不可耻，从不尝试才真正可耻。

只学一招

并非所有缺点都受人唾弃。有些特定情况下的缺点，对于社会生活来说是必不可少的。

——莎士比亚

有一个10岁的小男孩，在一次车祸中失去了左臂，但是他很想学柔道。

最终，小男孩拜一位日本柔道大师做了师傅，开始学习柔道。他学得不错，可是练了三个月，师傅只教了他一招，小男孩有点弄不懂了。

他终于忍不住问师傅："我是不是应该再学其他招法？"

师傅回答说："不错，你的确只会一招，但你只需要会这一招就够了。"

小男孩并不是很明白，但他很相信师傅，于是就继续照着练了下去。

几个月后，师傅第一次带小男孩去参加比赛。小男孩自己都没有想到居然轻轻松松地赢了前两轮。第三轮稍稍有点艰

难，但对手还是很快就变得有些急躁，连连进攻，小男孩敏捷地施展出自己的那一招，又赢了。就这样，小男孩迷迷糊糊地进入了决赛。

决赛的对手比小男孩高大、强壮许多，也似乎更有经验。有一度小男孩显得有点招架不住，裁判担心小男孩会受伤，就叫了暂停，还打算就此终止比赛，然而师傅不答应，坚持说："继续下去!"

比赛重新开始后，对手放松了戒备，小男孩立刻使出他的那招，制服了对手，由此赢了比赛，获得了冠军。

在回家的路上，小男孩和师傅一起回顾每场比赛的每一个细节，小男孩鼓起勇气道出了心里的疑问："师傅，我怎么就凭一招就赢得了冠军?"

师傅答道："有两个原因：第一，你几乎完全掌握了柔道中最难的一招；第二，就我所知，对付这一招唯一的办法是对手抓住你的左臂。"

披沙拣金

缺点对于自己和社会来说都是一种无用或有害的个性。但缺点也可能含有促进自己的才能而造福社会的因素。缺点也有着社会的适应性，缺点与优点相互依存、相互作用，在特定情况下缺点可以转化为优点，劣势也可转为优势。

聪明的囚犯

前人的错误给我们的教益，不亚于他们积极的成就给我们的教益。

——狄慈根

希腊军队俘获了一批波斯士兵，并按特殊的方式处死他们：让他们每个人说一句话，如果是真话就绞死；如果是假话就砍头。结果大批士兵或说了真话被绞死，或因说了假话而被砍头。轮到一个聪明的士兵时，他说了这样一句话："要砍我的头。"希腊国王不知所措：如果砍了他的头，他说的话就变成真的了，按规则又不应砍头；如果绞死他，他说的又不是真话。最终，国王把这个囚犯和未被处死的囚犯一起释放了。

披沙拣金

研究别人的错误可以少犯错误，你一定要不断地研究你的竞争对手。要成功，必须要做成功者所做的事情，同时你也必

须了解失败者做了哪些事情，让自己不去犯那些错误。

就某种意义而言，失败是通往成功的必由之路，因为每次错误的发现，都会引导我们热切地追寻真理，而每个新经验，也都指出某种错误的形式，以使我们更好地接近目标。

不畏批评

一经打击就灰心丧气的人，永远是失败者。

——毛姆

亨利·兰德平日非常喜欢为女儿拍照，而每一次女儿都想立刻看到父亲为她拍摄的照片。于是有一次他就告诉女儿，照片必须全部拍完，等底片卷回，从照相机里拿出来后，再送到暗房用特殊的药品显影。而且，底片还要经过强光照射使之映在别的相纸上面，再经过药品处理，一张照片才告完成。他向女儿做出说明的同时，内心却问自己："等等，难道没有可能制造出'同时显影'的照相机吗？"对摄影稍有常识的人，听了他的想法后都异口同声地说："哪儿会有可能。"并列举一打以上理由说："这简直是一个异想天开的梦。"但他却没有因受此批评而退缩，他告诉女儿的话就成为一种契机。最后，他终于不畏艰难地完成了"立拍得相机"。这部相机使他的女儿愿望成真，兰德企业也因此诞生了。

披沙拣金

在你的内心拥有使梦想实现的无限力量，但另一方面，也必须不畏外在的压力。

一般说来，受到批评即会对心理造成压力。这种怕受批评的恐惧感会使你的行动停止下来。具有如此想法的人，往往会为了不让自己的行为或主张被否定，而不敢把思想表达出来，结果就只有使优秀的创造力和信心完全丧失。

但你只要看看在各种行业获得高度成就的人的经历，就会对他们发挥自己的思维，同时有效加以利用的方法大为惊讶。此外，也可看出他们在达致事业巅峰的过程中，依然有许多必须予以突破的障碍。只是我们几乎察觉不出，这些人也经常遭受到"批评"。

如果他们一开始就害怕那些批评，他们的思考与实现愿望的能力，就会消失殆尽。实际上，他们并非如此，否则其内心也不可能拥有前进的动力。